吳鋶庭　著

點描　德布西

Essay of Humanity
10

推薦序一

樂興之時管絃樂團藝術總監　江靖波

固然，「文字終止之時，音樂發生」，音樂的存在與美好就在於其能傳達語言文字不足以盡述之情感以及抽象理解，然而無可諱言，精準洗鍊，敏銳有溫度，而又能讓主觀退居次位的解樂文字，是具有重大社教意義的存在。吳毓庭的書寫，具備這樣的品質，智性與人文深度眞摯相連，兼露抒情，是値得再三賞味的讀品。

推薦序二　斑斕四重奏

小說家、「黃秋芳創作坊」負責人　黃秋芳

毓庭爲人溫雅、行事從容，常見他用一種安安靜靜的顏色，爲形色倉促的流離行途，塗抹著沉靜的專注。他習慣在靜夜練琴，每一趟琴聲反覆都像素白的輕煙不斷消失；只有在文字揮灑的時空，才看得到一種濃郁的鮮豔，用「斑斕」、「絢麗」、「爛漫」這一類文字，捕捉著人世間許許多多轉瞬隨即消失的金陽、葉影、蒼茫光點，把所有美得無從複製的精神嚮往，一點一滴，在記憶裡定格。

《點描德布西》的音聲搖曳，像光影絢麗的斑斕四重奏。第一小提琴的高位旋律，清亮地演奏出德布西的創作生涯，讓我們輕鬆靠近一位別具特色的法國音樂家；接下來，透過毓庭反覆回望的日常碎片，有自己的生活刻痕，也有人事交接的深沉感慨，如速寫，如點描，一點一滴呼應著德布西的生命故事和琴聲悠悠，迴旋出第二小提琴的低位旋律；而後在中提琴天鵝絨般的柔順音色中，深入導聆德布西的三十二首鋼琴曲，折現出多層豐富；當我們翻讀完這本書後，一個大時代的藝術表現、文化精神，以及一個又一個追慕難企的人文典範，如典雅渾厚的大提琴，讓我們在絕美、纖細中，或多或少感受到一點點淒切、焦慮的眷戀難捨。

1. 第一小提琴：德布西形影

從第一篇德布西十五歲完成的〈波西米亞舞曲〉開始，用青春學步展開一段又一段充滿熱情、渴望的生命跋涉；直到最後一篇五十六歲完成的〈熊熊炭火照亮的黃昏〉，癌末的德布西，生理上衰頹虛弱、心理上困窘拮据，卻仍能以這首溫暖輕柔的曲子，和煤炭商人交換賴以倖存的炭火，生命的冷冽、生存的寒冬，以及漫漫人生裡的困頓與美好、艱難與祝福，都成爲一種預言般的揭露。

我們看著很早就表現出獨特見解的德布西，在作業中出現違反規則的不尋常和聲；多次贏得鋼琴比賽獎項，卻又深切感受到攀登演奏高峰的局限；這個叛逆、倔強而又充滿內省能量的創作者，在法國博覽會初識爪哇島甘美朗承受文化衝擊，經歷充滿痛楚、破壞的世界大戰，在烽火戰亂煎熬中，同時飽受不倫戀情和腫瘤病痛的層層折磨，如秀拉點描，慢慢拼組出形象渾沌、感覺卻很強烈的人物印象。

2. 第二小提琴：這些、那些，日常回聲

隨著德布西的人生拼圖，我們同時也覷見毓庭的記憶碎片，勾勒出當兵

的回顧、跨年煙火的思索、創作坊的牽纏、外公的堅定和退化、偶像Midori的追逐、「沙丁龐克」的「紅鼻子醫生計畫」，以及音樂圈朋友們在婚禮現場、看夜景、酒吧微醺時反覆忐忑的各種關於流光、樂團、專業轉型的感慨。

從小小的吧檯開始，像一條無邊的輸送帶，匯集、組裝著身外訊息後，又送往不同的編輯檯，同樣也醞釀著自己的未來。這本書，就是在不斷消失中奮力的定格。他的閱讀、書寫，他的生活、休閒，他的夢想和追尋；他愛過、惦記過的這些人那些人；所有喜歡過、感動過，以及在幸與不幸的迴游中偶而飄過的感懷，都因爲德布西的音聲迴響，慢慢兜向眼前。

3. 中提琴：德布西作品導聆

最重要的是，長期演奏德布西的毓庭，結合人文領略和技術拆解，兼顧知性的歷史厚度、理性的整體理解，以及感性的想像延伸，對德布西這三十二首作品作深入而優美的音樂導聆。這些音樂的詮釋和聯想，有時像詩，在情韻和意趣間飄浮；有時像鋼琴教室，爲旋律性格、音型變化和樂句理解附註；有時化身音符精靈，翻飛在聲部、音程、和弦、滑音、琶音……間夢幻流動著；有時就是說書人，分享著暖如篝火或者是痛徹心扉的小故事；有時只是簡單如鄰人偶遇時小小的交流，呢喃著純粹的感動：「德布西的雨，不只在沖刷這個世界，同時也以點狀的接觸，彈奏這個世界」。

無論是初學鋼琴者的好奇摸索、專業演奏者的深入探究，或者只是純粹欣賞者的悅納玩賞，都可以找到相映於心的感動。

4. 大提琴：在我們的流光中

循著德布西的樂音，毓庭閱讀雪萊的詩《西風頌》、安徒生的童話〈天國花園〉、莫泊桑的〈脂肪球〉、福樓拜的《包法利夫人》；咀嚼莫內的〈乾草堆〉、勞爾·杜飛〈向德布西致敬〉、秀拉編織般的細緻，或只是看著照片，想像著巴黎市區在德軍轟炸中縝密堆放的沙包鑲嵌。

還有更多時間沉浸在影像世界，動畫《芭蕾奇緣》、《謝謝你，在世界的角落找到我》；第一位黑人小丑表演者拉斐爾帕迪拉（Chocolate）真人真事改編的電影《小丑的眼淚》、《巴黎走音天后》和《愛在黎明破曉時》；以及紀錄片《天鵝湖畔的芭蕾女伶》、《遇見黑天鵝王子》、柏格曼和莉芙·烏曼共用的一扇門，以及門外牆上的歲月滄桑，全都像耳語般緩緩絮說著生命的可能和吁嘆。

毓庭的行旅腳印，從芝加哥、芬蘭卡瑞利亞地區、巴黎音樂學院又回到我們的土地，關山療養院的修女們、樂賞基金會和池上居民透過音樂的相互增強、「田中央」規劃的宜蘭慶和橋。跟著毓庭，我們走進大時代的流光中，像大提琴嗚咽纏綿的背景，看見光榮和卑微，也一起感受到誰都不能置身度外的悲哀和歡喜。

自序　月光一般的日子

寫作這本書的過程，像德布西的〈月光〉。一個正拍和弦落下，隨後其他和弦緊跟著奏出，後者是前者的殘影，隨著樂曲呈現出月色「被照耀」出來的質地；寫作時，一首樂曲被喚起，隨後一些分析、故事與回憶隨之湧現，後者依然是前者的殘影，我試圖以文字將分散的碎片集結成一種體會，呈現出聆聽後「被暗示」出來的結果。

從中學開始彈奏德布西，二十多年來，他的樂譜不曾離開過我的鋼琴四周，我著迷他斑斕的聲響，更著迷他爲樂曲所留下鮮明的音樂意象（爲單一樂曲所創造出的某種音符組成結構），是如何精確卻又富含想像力地把人的抽象情緒或某種自然風景呈現出來。於是，我的第一本音樂隨筆，決定自選他三十二首鋼琴曲爲題材，記錄它們如何共振著我個人的三十二種心理狀態，乃至這些心理狀態的前後來由。

寫的過程有些曲折，常常在樂曲如月光落抵大地層層折射途中，一分心就看向了原本計畫之外風景，而得重擬大綱變更主題，但也因爲如此，我意外撿拾回許多早已忘卻的事，這是寫作帶來的禮物。

當然，不可否認我一度感覺自己就要被寫盡了，再也一點不剩，體無完膚，但完稿的一瞬間，又深感其實還有好多人事物尚未被收錄進來，開始期待起下一回動筆。浮動的欲望構成了生活的眞實，如〈月光〉中段十六分音符終究隱忍不住原始的幽靜而開始奔馳。索性讓自己這般反覆，因訴說樂聲本來就是一輩子的事，而只要樂聲未央，所有破碎、遲到的情感永遠來得及被寫成下一首樂曲。

目次

學步　波西米亞舞曲 Danse bohémienne

十八歲那年，我在水中重新體會學步。那時受媽媽的朋友推薦，我找到了一位國手退休的游泳教練，他年輕時曾赴美受訓，後來在警大教書，除了游泳專業，也善於教學。

課程開始前，他聽聞我自四年級起就會捷式，於是要我先游給他看。還游不到二十公尺，我就被喊停了，教練說，「從頭開始吧。」

從頭，在泳池裡是從手開始。划手的技術是捷式的關鍵。最初，教練會叫我站在他的右後方，仔細觀察他划水的路徑：掌心外翻，以指尖入水，微微靠胸後，在接近大腿處時往後用力推。稍後，他也教我以不同的輔助器具練習，比如手臂圈、划手板，然後換他沒入水中觀察我每一次的比劃。

教練最常提醒我的，大概就是：每一次划水後，都要感覺手臂持續延伸，以善用每一瞬往前的力量。如同彈琴，每一個動作都不浪費力氣，寫作，沒有一句廢筆。明瞭原則後，剩下的就是日復一日練習，把抽象的想法活動成肌肉的慣性。其實最困難的不在於從零開始，而是得從既有的習慣調整成新的方法；是新舊動作之間的扞格，促成了學步的優劣，內心與外在的拉鋸都像嬰兒的雙足要從爬行發展成步行。

德布西的〈波希米亞舞曲〉似乎也出生於這樣的心情。

寫作此曲的1880年，德布西十五歲，還在巴黎音樂院唸書，儘管他在老師們的口中是不按和聲規則寫作、喜愛恣意即興的學生，但此曲（包括同年寫下的四手聯彈曲《交響樂》）處處充滿著德弗札克寫作斯拉夫舞曲時的筆法，無論是簡潔、清晰的樂句行進、源於鄉間舞蹈的切分節奏，它的風格都清楚置身於十九世紀音樂脈絡中。

不過，他在同年另外完成的作品，像是聲樂曲〈星夜〉（Nuits d'étoiles）、〈美麗的向晚〉（Beau soir）等，音樂語法和和聲轉換並不簡單，其調性的游離，更令人感覺有一些情緒已從浪漫主義蒸發，成爲漂浮在空間裡的氣息。是傳統與自我意志間摩擦生出的熱氣吧？

學步，學前人的步，行自己的路。不斷重複，直到某一刻，划手推動的水流，會把自己帶向前，也把前人的步履帶向前。

天真　巴瑟比舞曲 Passepied

和二十世紀初期拉威爾、六人組等法國作曲家在創作時融入的懷古情調相比，德布西寫作復古時，似乎較常帶著戲仿多過崇敬。像《兒童天地》中，〈老頑固〉（原文題名直譯爲〈通往聖殿之途博士〉Doctor Gradus ad Parnassum）仿擬著克萊曼蒂（M. Clementi）《通往聖殿之途》練習曲之單調近乎無趣，在末尾還兩度加快速度，表現孩子亟欲彈完之心。

在〈巴瑟比舞曲〉中，我也感覺德布西將這風行於十七世紀路易十四宮廷中的舞蹈，寫得優雅卻也滑稽。

旋律本身即由兩種性格組成，一爲俐落如踢腿的斷奏音型，一爲肢體綿延伸展的圓滑音型，隨後斷奏音型跳動幅度越來越劇烈，而圓滑音型則成了更加黏膩的三連音樂句。這演變的歷程總讓我想像起：一個剛學會宮廷舞的小子，沒有幾下功夫，便開始跳起花式變形，又好像剛理解社交禮儀的人，要參加沙龍裡精雕細琢的談吐遊戲。

剛學會的人情世故，雖然不免突兀，甚至滑稽，不過，好像就是在這樣生硬的接點間，天眞方從中乍現。

一直記得參加某場婚禮時的一個瞬間。我坐在由音樂人組成的一桌，但因爲大家各自主修不同領域，也無人在同樣單位任職，因此彼此並不相熟。在等待婚禮正式開始前，大家便各自嗑著瓜子，或三三兩兩簡單交談起菜色。

此時，坐在我身旁，原本就認識的C突然拍了拍我，「你覺得我現在發名片好嗎？」我接過了他的名片一看，發現在他加深加粗的姓名上，有著某保險公司的標誌。

我笑著看他，「應該可以吧，其實我也不太知道誒……。」C是個非常熱心、善良、健談之人，我覺得他從事保險業是挺適合的。我感覺他若是在其他場合發給大家名片，應該是很自然的，但在這個當下，婚禮上以及同行桌中，不知道是否會有些唐突？

過了好多年後想起，覺得這一點也不唐突吧，就是爲了生活、爲了工作而把握機會。但當時就在我也遲疑著無法給予進一步回應中，他把拿出來的一疊名片又收進了西裝，像一陣浪潮硬生生打在消波塊而沉寂了。同桌裡，最後拿到名片的只有我，而我除了上菜後，再問了他一次要不要發給大家外，此後我就再沒有聽聞過他關於從事保險業的任何事了。

那股讓他收起名片的力量是來自他感到這個舉動在這如夢似幻的場景中會顯得太不協調嗎？還是因爲名片上的職業和原本的音樂工作過於遙遠，而不知道如何向人解釋？相較於音樂圈之外其他行業，換名片的習慣早已從踏入社會的那一刻便開始成爲反射舉動，而我和朋友的顧慮，相對於整個社會運作的方式，顯得是這麼稚嫩而多餘。

德布西在面對那龐大的西歐音樂傳統時是否也曾感覺不知所措？如果選擇全然融入其中，他可能就會成爲一位世故的作曲家，如果選擇背離，可能又會不知該何去何從。於是，他選擇偶爾使用，並且讓傳統以〈巴瑟比舞曲〉中那種剛學會卻要施展世故的方式，有點好笑有點需要地存在著。

尋 小船 En bateau

德布西的〈小船〉聽來不太像是一艘直面目的的船，低音部雖彈奏著不斷由低向上浮升的音型，但在第二大拍便屢屢停歇，使得旋律走走停停，像在水中躊躇，也像恣意享受天光，但總地聽來，〈小船〉有一種不知道下一刻會前進還是後退的感受。

這首樂曲收錄在德布西四手聯彈曲集《小組曲》，創作於1889年。那幾年，德布西剛完成他獲得羅馬大獎後被規定繳交的作品，接連在1888年和1889年夏天，赴拜魯特觀賞華格納歌劇，企圖尋找創作上的方向。《小組曲》和創作風格的突破較無關聯，樂曲洋溢的是浪漫樂派作品常見的七和弦、九和弦色彩，但卻和他的事業開展有點關係。

他寫作時，便想好要和同學杜宏（J. Durand）一起演奏，並計劃在巴黎的上流社會沙龍裡彈奏，爲讓大家多多認識他的作品。杜宏回憶道，當天演出前，德布西相當緊張，他不斷提醒杜宏別彈得太急，沒想到實際演出時，德布西自己不斷加速，就像趕著要結束演出一樣。杜宏說，可能是聽衆們同情這樣的演出，會後紛紛給予德布西強力的支持。

當年二十四歲的德布西心中如何想，我們已然無法確定，但這組作品讓他亂了方寸，是這位年輕藝術家對未來抱持了過度的在意與焦慮嗎？

比二十四歲稍小，我在約莫大三時，成爲一名職業交響樂團團員的想法像強力的水流把我帶往了許多地方。那時臺北許多私人經營的樂團頗爲熱絡，進入師大後，在一些老師推薦下，大概每個月都有機會參與校外樂團演出。這些樂團多半由三分之一的老師加上三分之二的學生組成，這不僅讓我明瞭專業水準應抵達何處，同時也讓我得以開始累積合奏實務經驗。

由於練習多半是七點開始，因此六點最後一堂課結束，我便需提著樂器，一路從系館奔向大門趕車。和平東路車多人多，每一次趕赴排練現場，都有一種逆流而上的感受。近的排練場地有同樣在和平東路上、科技大樓站附近者，最遠的會到關渡的藝術大學。遠遠近近的排練路程繞出了我的大學老人生活。

看似朝著明確目標前進，但有時又因爲眞正參與過各種不同的排練，以至深深明白自己成爲一位團員的不足，甚至不適合。

不過，「尋找」大概就是這樣，滿意與挫敗並行，在五五波中持續。其中許多難忘的回憶，皆發生在由指揮江靖波創辦的樂興之時管弦樂團排練裡。

我一開始加入的是管弦樂團底下新成立的青年團。身爲第一批團員，沒有任何往例可循，也不知道該團會發展至何方，以至於每一次練習，我們都有一種在爲往後的學生創造歷史的感覺。記得某一次在練習舒伯特交響曲途中，江老師爲了讓我們區別出十九世紀初幾位作曲家的風格差異，要我以貝多芬、舒伯特、孟德爾頌、舒曼等四位作曲家的語法演奏同一個句子。我憑著直覺與淺薄認識完成了示範，又在老師的引導下，更明確地刻畫出了樂句的稜角。直到現在我還牢牢記得那個晚上吹奏時的緊張與興奮，好像眞正走入了完全以音樂爲溝通媒介的世界，體驗到自我與樂聲融合爲一的感受。

雖然最後我並沒有成爲一位職業樂團團員，當年的想像已化爲水流中被沖散的倒影，但我想也是因爲那段漂流的日子才把我推送到了現在這個地方。走筆至此要有點對不住德布西了，想到德布西在中學時期，也從一位備受期待的鋼琴家，因爲幾次考試都並不眞正出衆，而逐漸走入作曲路途，不免感到有些安慰。大概是這安慰也成了另一道水流，讓我又有力氣拿穩了槳，划出另一趟新的旅途。

不疾不徐　前奏曲（選自《貝加馬斯克組曲》）

Prelude from "Suite Bergamasque"

每每聽見這首前奏曲開頭：沉重的低音隨八度、五度音延伸而上，待到所有的聲音全然匯聚，又從中衍生出細緻、曲折的線條，腦海中便會浮現出一條河；河中一塊石頭緩緩沉落，一條大魚游過，或是一次船槳的划動，它們興起了巨大的水波，如果觀看的人願意等待，水波會一圈圈擴散，直至看不見的遠處。整首曲子都是如此，只是有時如水波盪漾的線條較短，有時極爲漫長，不過這些旋律不只是漸漸平靜而已，而是在延伸時，仍保有起落，像是水波擴散途中又受到一片葉子、一隻蜻蜓的逗弄。

寫實又不寫實，總感覺德布西寫出的，是一種埋藏在生活表面下的韻律：眼前的一切風景雖在這個當下發生，但後面的人生往往爲此而牽動，但會如何牽動呢？那些細微處無人可知，恐怕只能耐心等待結果。

莫內的系列畫，讓我看見的，就是像前奏曲中不疾不徐的樂念。每一張畫面的某一刻，就像是一個和弦，接著所有線條、所有顏色都因爲那一刻而一筆筆出生。

我特別對「乾草堆」系列最是感到震撼。乾草堆指的是諾曼第地區農夫們以數百捆麥稈搭建成，爲放置麥梗以等候打穀之用的倉庫。1980年的某個傍晚，莫內帶著他的義女布蘭琪走過這些稻草堆旁，突然受到其在陽光下的色澤深深吸引。他原先只想用兩幅畫布，畫下一陰一晴的景象，但隨後很快便發現這景緻變化遠遠超過他預料，於是一口氣畫了二十五幅。

時間從夏季尾聲到隔年年初，因此「乾草堆」有明亮斑斕的色層，也有積雪覆蓋的清冷畫面。畫作的差異，收藏了珍貴的時序，也收藏了莫內發現的獨一無二時刻。不過，當我的目光游移在畫與畫之間，更被藝術家內在的沉著所打動，那些光影或許是倉促而來，卻因爲畫家靜定地、不疾不徐地等待而被捕捉。

所謂偉大藝術家的一生，恐怕有許多時候都是如此度過。值得嗎？我不知道，但我感覺有什麼答案在蓬鬆的麥田上翻動著。

只是去看　來自速寫簿 D'un cahier d'esquisses

儘管重複某段簡短旋律，並藉由改變第二次或第三次出現時的句尾而接續到下一段落是德布西慣常的鋪陳手法，但〈來自速寫簿〉確實如同曲名所提示的隨筆、實驗性格，重複得異常密集。前奏低音聲部如深呼吸般起伏，三小節後，輕微擺盪的高音聲部接連出現，最後抵達第十一小節，由低音支撐，緩慢進行的四個和弦，接著高音八度Do像鐘聲一般，穿透著所有聲部反覆迴響。

就像在一塊畫布上，不帶有任何預設，僅僅去凝視一筆一筆不同的顏色如何融合。只是去看。

剛上大學時，堂哥擔心我的大學時光都只在琴房裡度過，便邀約了幾位朋友和我一起爬陽明山。當時走過的古道我已想不起任何情景，始終記得的反而是下山後，一行人到北藝大看夜景的時刻。

我們無人念這間學校，帶著陌生感，我們潛進了戲劇系館頂樓。那是我第一次從關渡山丘俯瞰臺北盆地，整個城市的燈火在大氣擾動中忽明忽滅，像極了聖誕節慶的裝飾，閃爍出斑斕。或許看夜景是平常的，但那一次我們看了好久，沒有不耐也沒有興奮，每個人似乎都完全融入了夜色，所有的氣息都與風聲疊合。

堂哥來自中部，彰中畢業後，進入北醫唸書。他曾告訴我，他在臺北的生活是這樣的：每每騎著腳踏車從城東騎到城西，去看那些在小說裡讀到的街名；爲金馬影展翹課，去看以前不曾想像過的電影；又或者與各式各樣的二手書店老闆攀談，談臺灣歷史，談風雅生活。他是這樣一步一步慢慢認識了臺北。他後來留在臺北工作，定居於臺北，對此城原本如草稿般的印象，最終成了實在的人生。

堂哥與妻子現住在政大後山，我第一次到他家時，拿著剛倒好的紅酒，走到陽臺上乘涼，赫然看見的，又是整個臺北城的夜晚。當時特別想問堂哥，不知他是否還記得十幾年前我們站在北藝大校園的那個夜晚，如此安靜地看，看自己將如何在眼前之城裡摸索成年人生，摸索自己會如何在此展開抱負。但我並沒有問出口，僅僅以碰杯代替往昔的安靜，在酒香瀰漫中，趕緊多看一眼夜色，且用一雙些微迷濛的眼。

來不及看清 煙火 Feux d'artifice

當我坐在朋友S的車中，行過沿密西根湖而建的US41公路時，因爲天色漸暗，一邊如鏡的湖水成了無盡的洞穴，一邊林立的高樓則因亮起了燈，成了數億倍大的、充滿鮮豔色彩零件的積體電路板。

跑動在其中的人們，貼合著巨大的商業機制運轉，金流、機會、狂喜與殘酷，隨著那千萬盞光源自玻璃帷幕透出，一棟大樓的明亮疊影在另一棟大樓的明亮，華麗得令人難以看清。

爲什麼會來到芝加哥呢？因爲對我念碩士班的印地安納大學而言，芝加哥是離學校最近的一線城市。我們來此聽芝加哥交響樂團，來此享受中國城的飲茶，來此度假，來此參加樂團考試。芝加哥對於我以及許多在美國中部唸書的音樂人而言，是閃爍著前途的地方，有我們能夠留在美國工作的重要希望。

不過最後眞正留下來工作的人鮮少，無論是競爭太過激烈，或是願意融入美國社會的決心不夠強烈。以致我腦海中記得的大概是這些：聖誕假期中，和朋友在John Hancock大樓頂樓酒吧，屏息看著無人卻亮滿七彩燈光的街道，將自己完全沈醉入那些身著小禮服或西裝的西方人中，體會異地的夜生活，又或是飲茶店內，泛著油光的腸粉、蝦餃，聽著中文粵語交錯並行。

現在想來那些經歷仍舊華美，因爲從來沒有眞正看清楚它眞實的面目，無論是實體的街區，還是抽象的機會，那些美好持續飄散在空氣裡，但無論怎麼看，都如隔著一片毛玻璃。

看清楚的就和華麗無關了吧。想起德布西的〈煙火〉，一起始便是六個緊鄰的半音混合出不明朗的聲響，嗡鳴如夜裡持續的躁動之心，接著所有極高音或極低音的音符，跳動如清晰的火花，但最後卻立刻便被這混濁的躁動噬去。

此後，數種以最初主題變形出的旋律、和弦或滑音，鋪陳出了斑斕的夜色，儘管快速音群有時從半音括張爲全音，夜空變得抒情更甚於喧鬧，但三分之二篇幅都因這濛昧的聲響，迷惑了聽者。

德布西在樂曲尾奏，使用了一小段〈馬賽曲〉，此刻左手演奏著持續的、置身遠處般的完全五度震音，法國國歌便從將散去的火藥煙塵中浮現，直至最末讓高低音相融於降D。

德布西以這首作品結束第二冊前奏曲集，也結束了他此樂類的創作，其中有特別的意義嗎？最末那純粹的五度音程，像從夢境起身，消融了前面的一切幻想、奔放。或許那宣示著他此前的創作即是一場煙火，跳脫巴赫、蕭邦前奏曲的語法，在歷史脈絡中留下自成一格的寫作。乍現時無人能看清，一切都絢爛得難以抗拒。

期待　浪漫圓舞曲 Valse romantique

站在巴黎音樂院內部大廳的欄杆處向下望，深紅、淺綠的沙發坐落其中，小桌小椅散落四處，看起來不像學校，比較像咖啡館。那樣的愜意，卻需要異常激烈的競爭才能獲得。

巴黎音樂院一直是我心目中的第一志願，無論是巴黎這個城市本身的迷人，或是此校的畢業生皆有我最熱愛的音樂家，比如德布西、拉威爾，它都像一名教徒內心渴慕朝聖耶路撒冷這般強烈地存在於我心中。

於是大四那年冬天，我報名了入學考試。飛往巴黎前，我很確定過往臺灣只有一位曾就讀於此的單簧管畢業生，而許多年輕好手在那幾年皆有嘗試，仍未有所斬獲。因此，應該帶著完整信心的我，出門前其實超過一半滿是憂慮。

離考試還有將近一週，我在許多前輩考生的建議下，找了一位頗負盛名的老師上課，期待透過他的提點，更明瞭巴黎音樂院招生的關鍵。他邀請我到他所任教一間位在巴黎郊區的音樂院旁聽學生的大班課，上臺的學生都是即將參加巴黎高等考試的學生。聽完後，我深深感覺自己已被推到這條競爭行伍之外，不是因為我完全不認識他們，而是很明顯地，其中一、兩位特別出眾，我遠遠不及。

我和這位老師確認私人課時間時，發現剛剛演奏的學生們都跑到戶外抽煙了。幾乎是全班吧，無論男女，好像變成了另一節課，集體練習在冷冽的環境中如何取暖。

回到宿舍後，我和同行的朋友提到下午所見，她說她也在另一處看見同樣的事。這可能就是法國集體的習慣吧？她說她在音樂營上遇到的女孩是這樣告訴她的：「沒辦法，我們在法國學樂器，目標就是要考上巴黎高等，一年一年考，沒考上，就繼續考。這壓力太大了，抽煙讓我能夠暫時放鬆。」

她的說法可能是偏頗的，但我和友人都明白她所陳述的感受。

2006年的指定曲是一首改自帕格尼尼練習曲的改編曲，以及一首近代作品（L. Cahuzac的〈丑角〉），前者挑戰演奏者的運舌與快速變換音樂的能力，後者考驗詮釋者對任意速度的掌握。我在考場中央平穩地演奏完畢，覺得自己像聚光燈下飄浮的塵埃，飛揚起來但完全不知會何去何從。

第一輪考試，六十幾位選四，名單上並沒有我。我說不上難過，也沒有不難過。剩下的日子，我假扮成在巴黎生活的留學生，到了許多沒有遊客的地方晃晃。前些日子的壓力，在石板路上響起的喀噠喀噠聲中漸漸消失，路旁行人群聚抽菸的畫面，此時看來只是悠閒的表徵。

那吐露的煙霧直到我聽見德布西這首少見的〈浪漫圓舞曲〉時被想了起來。樂曲基本上是輕巧的三拍子圓舞曲，主題的跳動還勾起了關於歡愉的記憶，但每一個樂句句尾卻總被不符期待地延長，好像所有的願望都成了輕聲嘆息，但嘆息在消失前，還曾飛揚才落下。

煙裡的夢境，勾勒了多少人的心思。

過了好多年，唸碩士班時，爲歡送我的室友學長離開小城進入職場，我們當天買了三支雪茄，搭配紅酒。那是我第一次抽菸，也是目前爲止唯一的一次。雪茄不抽進肺裡，而是含在口中，再向外吐送。我們邊談著來日，邊把煙霧吐出，團團白煙游離在我們的目光前，未知的際遇還沒出現，卻先隨著它們飛舞了起來。

欲望來襲　爲琶音而作之練習曲 Etude retrouvée

如蕭邦作品十第一首練習曲，樂聲從低音快速爬行至高處再回返原初，來回往復之間，左手開始演奏出旋律，模糊的背景漸漸有了清晰的景象。此後，高低聲部各自變換著不同節奏與速度之琶音，互爲彼此迴響，聽者彷彿能見著音群紛飛，如抑制不住的欲望湧現，擾動著心，搖晃著身軀。

此樂念的起落，總讓我想起福樓拜《包法利夫人》中的一段，「他（傑斯汀，一位藥師的男僕）馬上去門檻那裡拿艾瑪的鞋子，鞋子上滿足泥，那是她幽會時沾上的。乾硬了的泥土在他的碰觸下碎成粉粒，他望著泥屑的塵煙在陽光下飄浮。」

艾瑪，小鎮醫生查爾的妻子，最初只是想像著上流社會的交際。但在她和丈夫參加完一場於盧昂近郊古堡舉辦的舞會後，艾瑪深受「大廳很高，地上鋪著大理石磚，腳步聲與說話聲發出迴響」之情景震撼，她的視線就開始模糊了。福樓拜一路寫艾瑪看見的餐桌、女人的絲巾、男人的衣領小花，以及餐桌上的銀盤與盤子裡整盤切好的肉，對細節的計較深刻流露出包法利的熱烈。

她認爲丈夫查爾跳舞就是一則笑話，於是獨自步入舞池，她邊跳邊仔細聽著人們談論的話題：異國的廢墟、賽馬的輸贏，最後在過了凌晨三點時，一位子爵領著艾跳起華爾滋。那搭起的手，就像爲包法利夫人加冕了皇冠。

回到家以後，每當查爾就診時，她便會拿出碗櫃裡的雪茄盒，仔細嗅聞煙草的味道，猜測著菸盒的主人。接著，又開始想著巴黎，因爲她尚未去過，她只能想像，讓思緒跟著窗外的馬車而行。她甚至「買了巴黎的地圖，用指尖在地圖上遊走。指尖走上林蔭大道，在每個街角停一下……她彷彿就看到巴黎煤氣街燈的光芒在風中搖曳。」

讀了好幾次福樓拜描寫艾瑪尚未背叛丈夫前的段落，內心總是既興奮又難過；興奮於敘述所鋪陳出的鉅細靡遺，難過則在於，包法利夫人體現了人抵擋不了欲望鼓譟，而被迫去選擇某種做法的心境，這時所有希冀就像在陽光下紛飛的泥屑，乍看如金粉華麗，本質卻有些不堪。

不只是對名利與性的欲望，創作的欲望亦難以掌控。這首練習曲創作於1915年，卻遲至1977年才由鋼琴家Roy Howat發現，因德布西當時在寫作《練習曲》曲集時，為「琶音」主題寫下了兩首，他原先是計畫欲將其中一首置入曲集中，另一首移作他用，兩首雖使用了同樣調性，面貌卻截然不同。可惜他1916年罹癌身軀急遽惡化，另作他用的想法未能實現，德布西當初選擇的考量也不再可知。我們只能聽著這首作品，想像某個決定性的念頭瞬間襲上了創作者之心，選擇了清簡的版本，掩埋了激情的命運。

不安　雪花飛舞 The Snow Is Dancing

德布西《兒童天地》裡的〈雪花飛舞〉，其實挺陰森的。主題的節奏從四分音符，縮減爲八分音符，並由左右兩手一同交叉加快，雪很細，但很急，聽者可以想像，眼前的道路都將被這飛舞的風雪全然掩蔽。此後，樂聲偶有聲響突起，像是冬日少數未冬眠的野兔，又或是某個闖入寂靜的獵人，赫然佇足。不知道會如何繼續下去，於是不安。

2015年到芬蘭旅行時，我爲了探訪西貝流士常流連徘徊的度假勝地Koli國家公園，安排了一夜下榻於山中小屋。這山中小屋由小學改建，從照片上可見其主體爲兩層樓斜頂建物，其中一側外緣兀自加高至三樓，整幢房屋受森林環抱，一片生鮮綠意中，它看來是跋涉中途最好的休憩點。

不過當我眞實來到此地，才發現，它並沒有不好，只是和我原本的想像迥異；這應該是讓旅人完好休憩以通往森林各秘徑最佳的中繼站，但它其實更像一間密室，把旅人與外界澈底地區隔開來。

我大約四點到了山下的約恩蘇Joensuu車站，等了大約四十分鐘的計程車來接我，隨後上山大約又花了四十分鐘，接近六點前的卡瑞利亞地區（芬蘭東部省份）已完全入夜，看不見月色，也看不見星光。我坐在計程車上，就像被矇著眼等待捉迷藏一般，而抵達時，房屋大門突然亮起了碩大的感應式黃光，我才發現來到了整個被雪裏覆，四周森林如畫中墨色蠢蠢流動著的場域。

民宿女主人從大門走了出來，她很驚訝地問我，不是明天才會到嗎？我說不，我訂的是今天呢！心中不禁暗想，萬一他們一家剛好外出，我要獨自坐在這無聲無光的學校前嗎？當她開始查閱著我的護照和訂閱證明時，我又往窗外看了了一眼，計程車的燈源離去，我彷彿也斷去與外界的聯繫。

女主人快速向我介紹整體環境，便拉著小孩上樓休息。原來那三層樓的區域就是民宿主人的家，而所有房客都居住在兩層樓處。看起來客人擁有極大、自由的活動空間，但整個空間若僅有一位房客，恐怕又過大了。而我就是那一位房客。

走回房前，在客廳觀察了一陣，木造的茶几、座椅，米白色麻布窗簾上有鮮豔的花草繪圖，一切都很北歐，很像我在赫爾辛基所走進的那些咖啡店，只是當我看見每一面牆上都掛著年代久遠的老照片時，不免開始感到些微害怕。

這些照片看起來都早於五零年代，照片裡孩童整齊地站成了一排排，是畢業照沒錯。他們身後的背景就是這床房子的入口，等待畢業的心情從那些笑容中浮現。其實是很溫馨的，不過由於這陳舊的黑白相片清楚拉開了此刻與牆上時間的距離，那些小孩都是老人了吧？他們還活著嗎？

我越看越擔憂照片裡的某雙眼睛眨動起來回答我。而此時我也才發現客廳所連接的幾處公共空間，一是學生過往上課的教室，某個角落還有一臺風琴，風琴上頭的吊扇似乎才剛停下來……。

其實我害怕的並不是這些，是那個空間的封閉，好像完全沒法選擇，只得與這些照片、這些樹林、這些風雪共存，是在那種無路可去的狀況下，感覺到了不安。

也許德布西以急促的節奏寫〈雪花飛舞〉，並不是要寫風雪來襲時的景象，而是它們來襲時，人漸漸失去主控的感受。

隔日上山時，天色雖亮了，但也才發現這附近人口確實少得會讓人不知不覺以為自己也就是一棵樹地存在著。走過的雪地有一些，但就是Koli最讓我感覺到〈雪花飛舞〉的場景。

破壞規矩　古怪的拉威努將軍
Général Lavine-eccentric

〈拉威努將軍〉的靈感源於一位美國小丑愛德華．拉威努。1910年和1912年他曾至香榭麗舍大道的瑪里格尼劇院（Théâtre Marigny）演出，文宣中稱「以軍人之姿立足」（the Man Who Has Soldiered All His Life）的他，在臺上總是身著特製軍服，使得身長看起來足足超過九呎，於是無論是跳起蛋糕舞步（Cakewalk）或操變戲法，肢體之突兀總引人發噱。德布西當時也看了他的表演，應該是印象非常深刻，因爲1912-1913年完成的第二冊前奏曲中，有一首便把他寫了進來。

如同小丑最強的能力——破壞情節的「正常」發展而創造驚喜，樂曲的鋪陳也充滿意外變化。如結巴般的裝飾音介紹出樂曲的一個長音，偷偷摸摸的斷奏和弦彷彿小丑上演走錯棚的不好意思；前奏之後，樂曲聽來輕鬆自在，卻突如其來出現了巨響，彷彿主角一個踉蹌。最後尾奏時，主題赫然從F大調轉爲降G大調，像眼前浮現出似笑非笑的臉孔。

讀到德布西喜愛看小丑表演的紀錄，感到他和這個時代又更近了一點；看別人出糗會大笑，這不是綜藝節目的前身？

他還喜歡看另一對活躍於巴黎的雙人組小丑Foottit和Chocolate。前者爲英國白人，後者爲非裔古巴黑人，兩人先後加入了巴黎市區的的「新馬戲團」（Nouveau Cirque），並從1890年開始搭檔演出。

在YOUTUBE上可以看見他們在1900年的一支短片：戴帽子的小丑正努

力把一顆蘋果放在穿軍服的小丑頭上，但這不可能放得好，帽子小丑於是拿起玩具槍用力敲了敲對方的頭，再嘗試一次，可惜還是無法。他生氣地拿起蘋果咬了一口放回，呼，總算成功。放好後事情還沒完，他接著用玩具槍射擊了那顆蘋果，槍口噴射出的水柱，直向軍服小丑的臉，正當觀眾等待被攻擊者要如何回應時，影片便突然淡出。

跳動著的黑白影像，像還在隨當年現場觀看演出的人群一樣發笑著。後來在2016年，法國導演洛契迪森姆（Roschdy Zem）把兩位小丑的故事拍成了電影，重現他們的表演，更特寫了兩人在舞臺下，亦如「小丑」般破壞「規矩」的一生。

不同於史實，Foottit在電影中是一名巴黎近郊馬戲團的過氣臺柱，爲了重振自己的事業，他努力說服馬戲團老闆僱用Chocolate，讓他以雙人組再次出發。老闆與老闆娘原先半信半疑，但沒想到觀眾迴響極佳，衝刺了票房，兩人組也成了馬戲團的搖錢樹。後來巴黎市區的馬戲團老闆前來挖角，在更高的報酬吸引下，兩人便一同離開了舊地。

Chocolate開始賺進大把鈔票，添購名車（在二十世紀初是多麼奢侈的事），訂做華服，生活看似好轉，但黑人身份終究讓他備受白人刁難，除了永遠被觀眾視作挨打的角色，他甚至因沒有合法身份而被關進監牢。

出獄後，他決定爲自己的身份拼搏。他離開Footit，毛遂自薦參加某劇院的莎士比亞《奧泰羅》演出。當時人們演出奧泰羅這位黑皮膚摩爾人的總督角色，都習慣以白人裝扮，Chocolate告訴劇院，他是黑人，絕對能演出最深刻的奧泰羅。

當然，眞正開始準備後，未曾受過專業演員訓練的Chocolate因無法掌握角色性格與臺詞，而備受挫折，幸而經過周遭所有人一起協助準備才順利完成首演。當天舞臺下的觀衆深受Chocolate的表現震撼，他從容的獨白就像在說自己的故事，情感眞摯濃烈。謝幕時，叫好聲四起，無奈無法接受他出頭的白人們發出了更巨大的噓聲把他驅趕下臺。

命運是這樣繼續曲折展開：他氣憤離開舞臺後，被討債的人追打，受盡屈辱的自尊，同盛名與財富都在吶喊聲中成爲不再回返的光景。Chocolate晚年在馬戲團裡打雜，貧病交加，最後Foottit趕來老搭檔的病榻前，看見Chocolate已經非常虛弱，Foottit對Chocolate說：「你是王子。」並牽起了他的手。

鏡頭此時來到了奇妙的一刻：兩人十指相扣，黑指頭與白指頭交叉出最陌生的情景，然而那畫面卻異常鮮明、強而有力，好象黑人白人間的隔閡就這麼輕易被戳破了。甚至，戳破了螢幕，握牢住觀衆的心；甚至戳破了心，作爲一個時代該記取的傷痕。

摧毀　西風之所見 Ce qu'a vu le vent d'ouest

安徒生童話〈天國花園〉中，西風以一個野人的樣貌登場，他「戴著一頂寬邊帽來保護自己的臉孔。他手上拿個一根桃花心木的棒子，「那是從美洲砍來的」，他向風媽媽描述起所見：「（我）從荒涼的森林裡來，那兒多刺的藤蔓在每棵樹周圍建立起一道籬笆，水蛇在潮溼的草堆裡睡覺，人類在那兒似乎是多餘的。」跟隨沖濺岩石的水花，與被驚嚇的野鴨，「我也玩興大發吹起一股暴風，拔起了老樹根，讓它們隨著水流一起往下漂……我在熱帶草原瘋狂奔跑，不僅撫摸了野馬，還搖下了椰子樹上的椰子……。」

西風的類似形象也出現在雪萊《西風頌》裡。「哦，狂暴的西風，秋之生命的呼吸！你無形，但枯死的落葉被你橫掃，有如鬼魅碰到了巫師，紛紛逃避……沒入你的急流，當高空一片混亂，流雲像大地的枯葉一樣被撕扯，脫離天空和海洋的糾纏的枝幹。」

德布西〈西風之所見〉多半被學者歸因於受前述兩者啓發。一方面是德布西曾多次在書信中表示他對安徒生的傾心，一方面是，這樣的西風《西風頌》近似，而不同於希臘神話的西風之神仄弗勒斯（Zephyrus）俊美、溫柔、捎來春之信息的形象。

無論是〈天國花園〉還是《西風頌》，它們皆強烈表現出西風的狂暴，甚至欲將世界還原爲無人狀態。安徒生的西風說：「人在那邊像是多餘的」；雪萊的詩作中，則杳無人跡，詩人懇請西風把自己當作一片可以被捲起與之飛舞的枯葉，或與之同喘息的波浪，他也希望能成爲西風的豎琴，就像林木與西風共奏出了音樂。雪萊當時以《西風頌》表達自己反抗英國專制與資產階級剝削本質的不滿，他渴望找到一種力量去動搖既有社會結構，像從最基底去瓦解一座巨大的競技場。

在〈西風之所見〉中，我感覺樂聲裡撼人的不是如疾風的密集音群試圖將眼前一切吹舞得狂亂，而是不斷的低音鳴響，像伺機發動的砲火，準備澈底地、從最根本的肇因——人之存在，覆滅全局。

讀莫泊桑的〈脂肪球〉，我感受到的也正是這樣一種力量。小說主角是一名花名爲「脂肪球」的煙花女子，她在時局動盪的普法戰爭期間，與貴族們、商人、修女等十位乘客，同坐上了一輛馬車至北法勒阿弗爾港（Le Havre）避難。看似是通往安寧之路，但過程中，卻起了波瀾。

在這長時間的奔波中，大家都餓了。平時備受呵護的上流人士們，哪裡會想到要備妥食物呢？唯有脂肪球帶了三天份的食物，她將這些存糧完好地放在籃子裡，覆蓋著白巾，並置於座位之下。

用餐時間一到，她取出了籃裡的食物與酒，但她不敢問大家要不要享用，因爲她知道，在座所有人都看不起她，不屑和她有所交集。不過，脂肪球看見商人羅瓦佐直盯著她手中的雞肉，於是她就抬起頭問他：「你要吃一點嗎？」羅瓦佐在遲疑中，接下了食物。他越吃越自在的模樣動搖了大家，後來修女們接過了食物，幾位原本不爲所動的貴族最後也都吃了她的準備。

於是，他們開始和她聊天。

車內的氣氛看似好轉，馬車卻喀噠喀噠行入更艱難的處境：一名普魯士軍官攔下了馬車，不準他們再前進，除非脂肪球願意與他共度一晚，否則無人能離開。

脂肪球在車上即已向所有人表明過，自己非常痛恨普魯士軍隊，如今受如此要求，自然堅決不肯。荒謬的是，貴族們此刻卻輪番湊到她身旁，以各種理由，無論是爲國家、爲宗教，說服她要「犧牲奉獻」。

把脂肪球推出界外的，是伯爵以父輩口吻對著孩子說的一番話，「你知不知道一旦普魯士軍隊打了敗仗，我們大家會面臨什麼樣的暴行？」脂肪球什麼都沒有說，她最終只做了一件事——隻身走入了軍官房裡。

隔日一大早，當她再次走入馬車時，前一日紛紛圍繞著她的所有人，沒有一個人看她、理她，同車人這次學乖，準備好了食物，但到了用餐時刻，卻無人分予她。脂肪球非常生氣，氣到發抖，但她想起她那一籃子的食物都被他們吃完後，突然怒氣全消，開始落淚，「她極力想克制著，把自己繃得緊緊的，像孩子一樣吞忍著不哭出聲來……。她挺直了身子，目光呆滯，臉色蒼白毫無表情，心裡只希望別人不要注意到她。」

我總在想，是什麼力量讓她怒氣全消？是她對人性最根本的認識與想像，被所有自私的勸戒與不堪耳語全然摧毀嗎？以致她只能無言以對心中被連根破壞的期待，以僵固的身姿維持自己破破碎碎的高貴殘光。

隱瞞　面具 Masques

〈面具〉來自義大利即興喜劇的表演方式，角色們佩戴著不同面具，扮演某幾類典型角色，如僕人、老人、戀人與軍官。其中隸屬僕人類別的小丑們，無論是身著直條紋戲服、邊彈邊唱的梅茲坦（Mezzetin），身著格紋戲服、機智的哈爾利奎（Harlequin）或身著寬鬆戲服、邪惡的普欽奈拉（Pulcinella），屢屢成爲音樂家們創作的題材。

從作品的風格推測，德布西應該也是以丑角爲題材，但他的學生瑪格麗特．隆（M. Long）也特別提到：德布西說這首作品其實沒有喜劇個性，而是表現著存在的悲傷。

寫作於1904年，因此後人不免將這悲傷連結到他當時混亂的情感狀態。德布西那時愛上了有夫之婦巴達克夫人，不僅傷了妻子莉莉的心，甚至也讓朋友們感到錯愕，而紛紛指責他。

樂曲由雙手相合出如佛朗明哥吉他的撥弦聲響破題，紛亂如難以遏止的激動，隨後出現的左手持續低音，流露隱憂，與外顯的激動相互拉扯。儘管這些快速的細碎音符看似是強烈力量而可能掙脫進入新的段落，但盡皆來回於一個八度之內，宛如坐困愁城。中段一句以五聲音階排列出的下行旋律，性格悠緩許多，但又穿插在跳動氛圍間，顯得像是一段遠去已久卻無法忘卻的甜美。後段重回最初掙扎，但逐漸被巨大沉重的和弦覆蓋吞噬，似乎一切終將隱沒到面具背後。

面具下無休無止的變相恐怕是常態，悲傷的是，活著總得不斷尋找各種方法把它們藏起來。

想起兩張出現在《巴黎走音天后》中的臉。

當女主角瑪格麗特告知另一半她將去巴黎一間咖啡館演出時，她的先生喬治・杜蒙不僅毫無興奮，且開始焦躁。他偷偷跑到車庫，拿出扳手開始「破壞」車子。破壞中途，他不慎被管家看到，但他無法明說原因，只能偽裝無事，矇混自己人。

演出當天，瑪格麗特繫上黑色打折的頭巾，巾上別著紅藍白相間的法國徽章上路。她一路睜大了眼看著通往市區之路，身旁的道具夜叉讓她看起來像是出征中的雅典娜，夜叉上飄揚的國旗更隨風咻咻鼓舞著她。

突然，汽車在茵綠野地中拋錨，引擎冒出了大量白煙，喬治慌張走下車查看，看了很久，才轉頭對著在樹下等候的瑪格麗特道：「天曉得出了什麼錯！」瑪格麗特的臉，瞬間從浮泛著光亮到慘白僵硬，畢竟她得放棄演出了。喬治無奈地對著瑪格麗特說：「運氣不好啊！」

當然，這一切都是喬治動的手腳。瑪格麗特熱愛歌劇，熱愛演唱，她添購最戲劇性的衣裝，在家裡拍華格納歌劇劇照，她訂做超現實的道具，如一顆巨人的眼球，擺放家中草坪，讓每個角落都成為歌劇院舞臺。

一切都很理想，唯一不足的就是她天生五音不全。每當她開口，一票受她贊助的樂手與機構，就得低著頭忍住笑意，勉強聆聽，因為只要成全她的夢，他們就擁有資源。

但後來有許多人是眞的笑不出來了，因爲他們發現這位女主角實在太熱愛歌唱，無論是愛歌劇本身，抑或愛「爲丈夫而唱」的念頭，愛的巨大讓旁人不得不正視其中強悍的力量。

在這些人之中，喬治是唯一一位從頭至尾都沒笑過的人，在始終如配戴著面具的僵硬面容下，他按捺住對妻子的不耐、不忠、不安，乃至憐惜。他想盡一切辦法要阻止瑪格麗特登臺，以免遭受眾人羞辱。

可惜喬治的努力最後並沒有成眞。遠處管家開著另一臺車翩翩來到，他將載著瑪格麗去往市區，通向舞臺，通向夢想。接著通向攻擊，通向昏厥，通向精神病院……。

喬治應該會很想回到那個拿著工具敲敲打打的下午吧，把引擎拆卸地再完整一點，把整座宅邸聯外方法都再破壞得澈底一點，如此他便能把自己的隱憂藏起來，也把不幸的結局藏起來。

孤立　向晨雨致謝 Pour remercier la pluie au matin

腦海中對晨雨的印象，多半是輕柔、細緻的，滴落在柏油路上，也是無聲無息，但德布西在〈向晨雨致謝〉中的描寫卻是這樣：以十六分音符節奏展開一窄仄迴旋的半音進行模組，雖不激烈，卻帶著躁動，如雨水在強風吹拂中，紛亂地擊打門窗。這模組持續在相同音域重複著，像是將一個人匡限於雨中一隅，無論後來的主旋律如何進行，因爲雨落，一切連結就已被阻隔了。

〈向晨雨致謝〉是德布西根據比利時詩人路易（P. Louÿs）之詩〈晨雨〉爲題材所寫的一首四手聯彈（被收錄在《六首古代墓誌銘》中），詩句裡女主角比利提斯（Bilitis）在雨中乍醒，發現過往的情人盡皆離去：年老的，已淡忘她；年輕的，不再對她投以任何目光。雨落不過是比利提思被孤立在情愛之外的開始。於是她只能在沙上寫詩，「落葉佈滿了閃爍的積水中。這流過街道的小河載滿了土地與火車夾帶的落葉。雨，一滴接著一滴，使我的歌聲零落斷續。」除卻前述落雨的阻絕，德布西大量使用了帶有異境情懷的全音音階，樂念進行便如沙中之詩，越寫越不眞實，期間偶爾閃現的跳音，就像是打在詩上、毫不留情沖刷著的雨滴。

總覺得最令人難以接受的孤立，就是那種，明明看起來很薄弱、透明，卻還是讓人身陷囹圄的阻礙。

德布西在其唯一的歌劇《佩利亞與梅麗桑》也刻劃過這種孤立。在第三幕開場時，少女梅麗桑站在塔樓高處，邊想念著戀人佩利亞，邊梳著頭髮，像理順她複雜的心思。突然，佩利亞自塔樓下方呼喚著她，梅麗桑先是心驚，但在德布西筆下不斷重複的相似短促音型催化下，情感便很快高張了起來。

佩利亞要梅麗桑更靠近他一些，並將手伸向他，梅麗桑說，她已經盡可能彎身了，身軀已至極限，可惜兩人的手卻還距離咫尺。最後，就在再也無法更靠近的邊界，梅麗桑的長髮，嘩地一聲，從高空垂落至塔底；髮如網，包覆了佩利亞的雙手，也包覆了他的熱切。佩利亞握著、咬著、親吻著戀人的頭髮，他的視線因髮絲間隙變得模糊，完全忘記塔樓周遭藏有危險。

畢竟梅麗桑是佩利亞之兄戈洛的未婚妻，他們不可能在一起，不倫戀情只能憑藉這脆弱易斷的髮絲短暫聯繫。果然不久，戈洛來到，怒斥兩人爲何私會於此，不安開始蔓延夜色，死亡在不遠處等待著佩利亞與梅麗桑。佩利亞最後被處決，梅麗桑自盡，他們之間唯一留下的僅有一遺腹子。

劇中那場長髮垂落的戲，男高音的演唱時而與弦樂貼合，時而載於管樂之上，聲響交錯如髮流層次，牢牢裹覆聽衆思緒。

2012年，美國導演威爾森（R. Wilson）爲巴黎歌劇院製作的版本，讓梅麗桑以默劇式撫摸代替爬梳眞實頭髮，且他讓兩位角色分踞兩塊高度落差甚鉅的箱子，並置於舞臺兩側。站在高處的梅麗桑彎身與站在遠處的佩利亞牽扯搭配，讓兩人的聯繫顯得更爲虛幻，而將他們孤立在整個倫理體系之外的，正是那無法顯影的愛情。

德布西在描寫這些內容時，可曾將自己與巴達克夫人的不倫戀情摻揉進去呢？想到〈向晨雨致謝〉這一標題，作曲家爲原詩名多增加了「致謝」兩字，覺得那也像是反過來要孤立這種不堪一樣，將詩文最後「在我消失後，那些還會愛的人們，將會永遠在暗處傳唱著我的歌」彰顯出來，爲比利提斯的哀傷抹上一筆驕傲的色彩。

又甜又苦的笑　冊頁 Page d'album

〈冊頁〉是戰事裡的一抹苦笑。此曲創作於1915年，最初題名爲〈「給傷患衣物組織」的小品〉（1933年出版時才更改爲現在的名稱），樂曲供該慈善組織爲一次世界大戰傷者募款之用。

樂曲由爛漫的圓舞曲而生，幾乎聽不見任何戰爭的蹤影，右手樂念大多維持在疾起又立刻變緩的模式中，性格流動卻也優雅，只是樂句幾乎是以尚未完結又接續下一陳述般地排列著，聽來有些零散，像記憶成了碎片。但造成這首小曲特別的，大概就是左手屢屢在偶數拍出現的七和弦、九和弦，其中由二度所營造出些許不和諧的效果，使樂曲兼容了淺淺的喜悅與苦澀。

這可能也是德布西在1914年大戰爆發時的心境。他個人飽受直腸癌侵襲之苦，日常生活的債務又在大環境物資匱乏中日漸沉重，而整個法國身處戰爭核心區域的高壓也讓德布西感受到不曾有過的沮喪。他不僅在信中數度陳述自己的悲傷，他的創作量也在這一年來到前所未有的低潮。

這段期間，他主要投入的是六首奏鳴曲計畫（但僅完成了三首，便因逝世中斷）與一些零星的小曲，比如〈英雄搖籃曲〉、〈冊頁〉及〈悲歌〉等。這些小曲因是爲募款而寫，樂曲簡潔、不複雜，業餘愛好者皆能演奏，我總覺得它們在藝術性上或許不夠份量，但能在戰時，輕易地在有鋼琴的任何角落響起，這意義本身也是足夠的。

像是在凝重的氛圍裡跳一支無憂的華爾滋，苦澀便會隱藏到低不可見的腳底吧。

發現當時讓人能笑的，還不只有音樂。

1918年，德軍以「巴黎砲」猛烈轟炸巴黎市區，居民擔憂自己的性命之際，也極擔憂市容。巴黎商家紛紛在店面櫥窗貼上膠帶，以防砲火震裂，而巴黎鐵塔、凱旋門等大型建物旁則堆滿了沙包以防傾倒。

當時膠帶並不只是隨意地被貼成X型，而以新藝術風格式那種斑斕、蔓生的圖案出現，萬花筒般的幾何紋路爲寂寥的街頭留下了巴黎人生活過的痕跡。而縝密堆放的沙包自遠處看去，也奇異地以單色調拼組成了一幅幅鑲嵌畫，凱旋門原本樸質的粗糙石面，突然就成了秀逸的編織品，令人想伸手撫觸。

我第一次看見這些場景的照片時，其實有爲在戰亂中，竟還有時間排列這些圖案而小小笑了出來，然而，那其中埋藏的心意，從畫面裡細細流淌而出，讓我不久便真正揚起了嘴角。

其實一直都是那樣一首小曲、一面窗景，把苦澀過成了華爾茲，把日子過成了扎實的歷史。

發噱　黑娃娃步態舞 Golliwogg's Cakewalk

步態舞是十九世紀末，於美國南方由黑人所發展出來的雙人舞蹈，舞時男生常手持禮帽、雨傘，女生身著蕾絲洋裝，一對一對輪流以傾斜的身姿與誇張的抬腳模仿白人「優雅」行走，最後獲勝者可贏得層層疊起的蛋糕。

而黑娃娃指的是生於美國的英國插畫家奧普敦（Florence Kate Upton）所繪的黑人角色Golliwogg。這角色第一次出現在她1895年的繪本《兩個荷蘭娃娃和黑娃娃的冒險》中，他登場時雖然被作者形容「看起來很可怕」，但友善的性格與鮮明的外型——紅褲子、紅領結搭配藍色西裝的造型很快就在讀者們的心中留印象。奧普敦後來總共畫了十三本關於黑娃娃的繪本，

Golliwogg也成爲歐美孩童熟悉的童話人物。

德布西正是看到女兒艾瑪閱讀的黑娃娃繪本，而有了靈感創作這首樂曲，最後將之集結入《兒童天地》曲集中。樂曲以鮮明的切分節奏展開，表現出二十世紀前後，爵士樂前身「散拍音樂」（ragtime）最主要的特色；第二小節出現的Do意外地加上降記號，打破了調性，也打破了聽者的期待，一如黑人舞者們刻意仿擬的態度。進入主題後，右手旋律充滿突兀的起伏，描摹出高抬、滑稽的的步伐，左手則以持續的上下跳動，維持氣氛的熱絡。

奇特的是，在這樣戲謔的調性中，德布西在中段較慢之處，隱晦地使用了他年輕時的偶像、後來卻亟欲遠離的華格納《崔斯坦與依索德》的開頭主題，那簡短段落所交疊出的聲響，成爲嘻笑的引言，像在此開了華格納一個小玩笑。

覺得自己更理解了一百多年前那些黑人發笑的心情，是在看見我這幾年合作的劇團「沙丁龐克」正在努力的事之後。

沙丁龐克從2016年起，在公演之外，全力投入了「紅鼻子醫生計畫」，他們以專業的小丑表演走入醫院，去面對病人，特別是所有患有先天疾病的小小孩。這些小朋友出生後長期活在病房裡，像活在獨立的星球上，運作著大多數人難以想像的日常軌跡；換點滴是三餐，打針如便飯，由於他們的出生起點幾乎就和死亡邊界相疊，活著的最大目標就是努力從那條界線走開。

劇團導演說，團員剛開始病房時，小孩的臉幾乎都沒有表情，甚至還有許多會大喊叫他們離開。這群「醫生」唯一能做的，就是不斷地撲好白粉、戴上紅鼻，手拿烏克麗麗、直笛或各種小玩具，一次次靠近他們。紅鼻子小丑有時帶動孩子歌唱熟悉的童謠，有時表演魔術，甚至偶爾也會扮起蜘蛛人，伸出手指和孩子們一起進入英雄角色。

有些孩子一開始即使面對好笑的場景也不大敢笑，或許是因爲怕生，也或許是對笑陌生，但後來越來越多孩子會主動問護士阿姨說，「他們什麼時候再來？」許多醫院裡的走廊此後再也不整日冰冷，因爲紅鼻子小丑會像醫生一樣徘徊於此，小小孩的笑聲日益頻繁，面對嚴肅的死亡壓境有了新的面對方式。

導演馬馬說，團員們看見自己能帶來改變固然開心，但其實也不能太開心。過於親近時，孩子的離開會讓小丑們的心也瀕於破碎，而無法再爲其他活著的孩子好好服務，但他們堅持要做到，與每位孩子相見的當下，盡一切可能讓所有人忘卻病痛與憂傷。

馬馬大學念的是經濟系，畢業後飛往巴黎，但不是攻讀相關科系，而是去學習小丑，她所學習的小丑系統創立者賈克·樂寇曾寫到：「每個人的脆弱都可藉由戲劇，轉化成戲劇上的強大能量。」其實也是生活上的強大能量，馬馬2014年再赴巴黎學習小丑醫生技術，在忙碌的劇團經營途中，希望將小丑力量實踐到病房裡，彷彿就是受到這句話暗示。

她十多年前回臺執導的第一部戲《在世界的房間》即是以病房裡的小孩爲主角，十多年過去，她已準備好把戲裡的情懷帶出戲外。儘管孩子與家長們面對的問題依然嚴肅恐怖，但因爲有了笑聲，每個人心理多了一些彈性，也讓日子多了加入新鮮情節的縫隙。一如那百年前面對黑暗處境的舞者，在伸展與笑鬧裡，接過那華麗的蛋糕，強壯了自己。

雀躍　運動 Mouvement

〈運動〉有種動畫感，像畫格接續起來的跑者，不斷去向遠方。中音域的六連音不斷重複，八分音符則以八度上下來回跳躍的形式呈現，幾乎是反射動作般的無意識，聽不見情緒起伏。中段的增音程連音讓跑動聽來更加崎嶇困難，直至再現部，方回歸起始狀態。〈運動〉充滿了「練習技藝」過程裡必然面對的無盡重複，單調便是生活的全部。

我喜歡動畫片《芭蕾奇緣》，並不是因爲它故事很夢幻，鼓勵觀者認眞就會美夢成眞，而是它特寫了「苦練」，使它在目標觀衆給小孩的電影中，有了不太一樣的份量。

小女孩菲力西是個愛跳舞的女孩，但因爲自小生長在孤兒院，毫無機會接受正規訓練。她常常拿著一張巴黎歌劇院的照片仔細凝視，想像自己有一天會站上歌劇院的屋頂眺望市區。禁不住跳舞的誘惑，她與好友傑克選定了一個夜晚，一同逃出了院所。

她先誤打誤撞走進了歌劇院，認識了一名清掃劇院的女子，接著，又陰錯陽差冒名成爲芭蕾舞團的學生。毫無芭蕾基礎的她，硬著頭皮上課，錯亂的舞步讓老師完全無法忍受。

某日清潔阿姨拿了一個鈴鐺掛在樹梢，她告訴菲力西，如果要通過演出徵選，現在就得開始練習。阿姨潑了一盆水在鈴鐺正下方，說「跳到不能有水花爲止」。菲力西需要跳得很高才能碰到鈴聲，但跳得很高，往往濺起的水花也高。關鍵就在於，菲力西需要花無數次的練習，讓自己的身體找到恰好的力量與接觸面。

影片裡，她反覆跳躍著，一如〈運動〉中右手來回的跳音，她越來越理解芭蕾課堂中老師的要求，她碰觸鈴鐺的聲響也更加響亮。小女孩最後終於能輕巧落地，跳躍最後成了雀躍。

1905年，德布西將此曲與〈水中反光〉和〈向拉摩致敬〉集結成《映像第一集》時，他寫信給好友杜宏：「你彈過這些《映像》了嗎……？我很滿意，這三首集結在一起很理想，它們一定會在鋼琴樂史上占有一席之地，它們的左邊是舒曼，右邊是蕭邦……像你喜歡的那樣。」三十七歲的德布西，在過去三年專注於創作大型作品交響詩《海》，同時也完成了兩闋鋼琴代表作《版畫》、《映像第一集》以及數首散曲。〈運動〉或許單調，但表現了德布西作品中罕有爽朗與活力，那是辛勤工作的表徵，也是靈感旺盛的表徵。

悸動　夜曲 Nocturne

德布西的〈夜曲〉並不平靜，像白日時刻將要回返，也像潛意識終於無法壓抑地流露。前奏確實如漸緩的鼻息，但進入主題後，旋律由切分節奏的伴奏不斷推動，直至原本渴求的性格都變成了急促的後半拍起始樂句，一次一次像心頭往事湧現。中段整體雖沉靜，但橫跨三個八度齊奏以及轉換成五拍的韻律感，使得樂念依然藏著不安定。夜，是夢失眠的時刻。

當代著名的芭蕾舞者洛帕特金娜（U. Lopatkina）在邁入四十歲左右時，拍了一部紀錄片《天鵝湖畔的芭蕾女伶》。在片中她被問到有沒有哪一個角色是她很想飾演卻還沒有嘗試過時，她說是《尤金．奧涅金》裡的塔提雅娜。她一邊解釋劇情，一邊提出解釋，說著說著，眼眶竟泛出了淚光。

塔提雅娜是怎麼樣的一位女子呢？平時喜愛沉醉在浪漫小說中，對愛情懷有許多想像。一日，她遇見了隨姊姊詩人男友連斯基來訪的奧涅金，突然自己也成了羅曼史主角，展開了戲劇性戀情。深夜，她無法成眠，只能提筆徹夜寫信，打算以最安靜的方式向奧涅金表達情感，可惜奧涅金接到信後，首先是拒絕，隨後又在舞會上刻意與塔提雅娜的姊姊調情，這不僅刺激了塔提雅娜，更刺激了連斯基。最後，奧涅金與連斯基開槍決鬥，連斯基身亡，奧涅金失去了朋友，同時也失去的塔提雅娜。多年後，奧涅金在舞會上，重新見到塔提雅娜。此時的她已嫁作人婦，奧涅金愧疚地向塔提雅娜示好，但塔提雅娜毅然拒絕了他，決心把往事留在過去。

塔提雅娜在俄羅斯文學中成了最鮮明的角色原型之一，和十九世紀初許多俄羅斯貴族青年，既不願以自身能力掙脫外來文化的全面滲透，卻也無法如勞動人口有效生產而成為的「多餘人」角色，比如奧涅金，形成強烈對比。1830年，這首長詩出版後，她與奧涅金讓讀者以不同視角檢視了俄羅斯社會當時的問題，原著作者也奠定了普希金對俄羅斯民族的重要性。

生活在一百多年後的洛帕特金娜對女主角如此形容：「塔提雅娜展現了女性靈魂的高貴與神秘。」洛帕特金娜對塔提雅娜的崇拜，似乎不是因為在這細膩曲折的情節中，有寬闊的表演空間可供發揮，而是因為塔提雅娜經年在俄國人心中沈澱出的精神，深深振動著自己。

恐怕這也是洛帕特金娜給自己的期待。

洛特帕金鈉是當今許多舞迷與舞評心目中最佳的《天鵝湖》主角，無論是飾演白天鵝奧傑塔或是黑天鵝奧傑莉雅，她的情感與技術總能在巨大壓力下，達到出眾的平衡，以深刻呈現角色內涵。

從小在凡格洛娃芭蕾舞學院接受最嚴苛的訓練，當時的緊張，使她在隨拍攝團隊回學校，進入以往期末考的大教室前，依然忍不住流露。走入教室後，她指著教室上方的閣樓告訴大家，考試時，每個人都擠在那處觀看試場，校方擔心會塌陷，數度禁止學生上樓，但最後那處終究會擠成「只看得出臉和腳」的景象。

1991年畢業後，她考入馬林斯基劇院芭蕾舞團，四年後升爲首席舞者。職業生涯看似開展順利，臺上的壓力已與日常生活順利融合，但臺下的壓力，卻時時刻刻都衝擊著她。「當我的技巧來到了一個新的階段，我總覺得，就更不能停下了。一旦感到滿意，失望就會隨之而來。我得要更往前進，去維持在新階段的（技術）使用。」在這樣的心境下，她結婚、生子，走入與舞臺上迴異的角色，影片中有一段她牽著女兒在公園散步的場景，兩人走走停停，那步伐就像她在跳著生命中另一支代表作。

2017年，帕特洛金娜宣布退休，在退休感言中，她說：「我的喜悅帶著酸甜。」三十二年職業生涯，必然將成爲歷史中的一隅而越來越安靜，還好，後人永遠有影像紀錄與文字感言，成爲靜夜裡的星星。

回頭再看那一幕讓她悸動流淚的瞬間：就在那接近舞者身體極限、如暗夜降臨的年歲，她期待飾演的渴望，讓我們目睹了一位藝術家無休無止跋涉的熱情，而她泛出的淚水，是對塔提雅娜際遇的感懷，更是一面鏡子，映照了她數十年如一日面對角色的眞摯。

盡興　酒門 La Puerta del Vino

「酒門」（Vino即爲西班牙文的「葡萄酒」）是西班牙阿罕布拉宮的其中一處入口，此門在古代連接著王室與百姓的生活，從另一個角度看，它也區隔了兩者間的身分，故過往門的一側有民眾聚集在廣場上飲酒、跳舞，另一側則是森冷的守衛。其名有兩起源，一是由於居民會將喝完的酒瓶置於此處，如此便毋須繳稅，另一說則是此門原名「紅門」（Bib al-hamra），但後人誤拼爲Bib al-jamra，j換取了h，連帶把抽象的顏色換成了確切的液體，而有了「酒門」之名。

據說德布西是因爲收到了法雅致贈的酒門明信片而受到啓發創作。作曲家從未抵達此處，他是憑著想像，去追憶已逝的歡愉。德布西先採用了自

《卡門》以來便時興於法國的哈瓦那舞曲節奏，這悠緩、固定的附點韻律，配合起始由低音降Re和中音Mi疊合出的增二度音程，爲樂曲塑造出了極度沉溺的氛圍。

不過就在這沉溺中，由左右手快速輪指彈出的分解和弦會毫無防備地從中乍現，好似人與人擦身時瞬間交會的眼神，也像吉他等樂器，情不自禁地附和起廣場上的歌聲與舞蹈。這未預設時機、隨氣氛而生的聲響，造就了樂曲迷煩的不羈與盡興。

盡興，不是情緒高張便有，更因即興而來。

D是這幾年常常一起徘徊在酒吧的好友。記得有一回，我們約在信義區M吧，當晚有爵士樂團演出，酒吧極爲熱鬧，酒客們在活潑即興中閒散來回於座位與吧檯點酒。吧檯邊有幾名女子，似是等著被搭話，但沒有動靜時，幾位bartender爲人也極好，從沒讓場子冷去。

我和D請bartender爲我們挑幾款威士忌，我的要求很簡單，只要濃重即可，D想試試泥煤味者，我們輪番就著一排的瓶口嗅聞，交叉比對感想。酒香衝塞入腦海，就像炎日跳入海水中那樣爽快。

坐回座位，背景是業已熄燈的商業高樓，桌上是閃爍的燭光。於是，D開始說起一件往事。

她以前在歐洲唸書時曾入選一個音樂營，當時她有一個四重奏團，頗受大家看好，她們曾在某個室內樂音樂營中入選唯二名額的演出機會，而另一入選的團體就是目前正開始活躍於歐洲的愛馬仕四重奏。我不禁問道，那團呢？解散了？她說，也沒所謂解散，因爲四個人都是亞洲人，畢業後就各自回到自己的國家了，未來應該不會有機會聚首了。

我為D以及這個團的離散感到惋惜，但立刻又覺得多心，畢竟她現在也是樂團團員，有穩定的工作，而不用擔憂明日的演出會在哪裡。

突如其來的感慨如日落全面壓境地高張著，我拿起酒杯扎扎實實敬了她一下。

是她糾正我碰杯時不可不看對方眼神的，否則倒楣，但當晚我看見的也不是她的眼睛，而是她講述那則故事後的神情。我感覺那神情帶著琥珀光澤，像威士忌般，有一種從日復一日練習所蒸餾出來的堅毅。

當酒杯碰撞聲像〈酒門〉的分解和弦響起，我也想起自己為什麼會在二十八歲後，全然放下樂團演奏者的夢想，而踏上專職導聆與寫作的路途？

以為是個八卦的聚會，卻迎來音樂路上的蜿蜒故事；第一次在失去的當口感覺到盡興，為慶祝我們各自瘋狂的過彎。

耽溺　快樂島 L'isle joyeuse

看紀錄片《遇見黑天鵝王子》的過程頗緊張；導演採用倒數計日的結構記述巴黎歌劇院新任總監班傑明．米爾派德（B. Millepied）籌備2014年開季演出的過程，因此隨著數値減少，觀衆會強烈感受到，時間如推土機一般，將演出的壓力越堆越高，特別是當米爾派德指出那些地方還不夠完善，哪些動作還不夠精準時，觀衆彷彿都要被埋沒在無法上演的擔憂中。

然而在這個過程裡，導演也留下了許多縫隙：每過幾天，鏡頭就會來到米爾派德的秘書尋找總監的畫面，有時是爲了要他趕緊簽署審核資料，有時是爲確定例行事宜，然後因爲遍尋不著，秘書就會對著鏡頭擺出一副「又來了」的表情，接著苦笑。

米爾派德其實未曾離開歌劇院，他只是藏身在某一個排練室裡。他在跳舞。做他熟悉的事。

出生於波爾多，年少時在里昂高等音樂暨舞蹈學院學習芭蕾，十五歲獲得獎學金赴美至美國芭蕾學校學習。1995年，他加入紐約市立芭蕾舞團，三年後升爲獨舞者，2002年成爲首席舞者，並開始爲世界各大舞團編舞。電影中，他的朋友形容米爾派德，「小時候大家參與排練時都很緊張，只有他從小就是跳開心的。」儘管米爾派德是在2012年娶了演員納塔莉·波曼後名氣更加響亮，但他過往在舞蹈界的成績本就出色非常。

他在排練室裡，邊想邊跳著，他總是不斷以各種姿態旋轉，像想盡辦法把整個人全副投入另一重力場般。無論是爲編舞，還是純粹自娛，他跳舞時的面容，並不是笑著，但你感覺他依然是朋友言語中那個跳開心的少年，不急不徐踩踏正好的節拍，米爾派德一步一步釋放了自己的不安，也釋放了觀眾的不安。

快樂在德布西筆下也是旋轉著的。

〈快樂島〉起筆於1903年，定稿於1904年夏天，看似是一段如常的創作歷程，但1904年初他認識了有夫之婦艾瑪．巴達克夫人，兩人相識後陷入熱戀，德布西不僅帶著情人赴諾曼第澤西島度假，逃離巴黎眾人眼光，爾後更決意與妻子莉莉離婚。這突發的戀情是〈快樂島〉創作期間的底色，即使樂聲裡的歡快並不直接指向他們在澤西島的相處，卻也能發現這作品有德布西作品不常見的外向與奔放（比〈運動〉更加激烈）。

許多研究者也指出德布西創作〈快樂島〉的靈感是來自十七世紀末畫家

華鐸（J.A. Watteau）的《發舟塞瑟島》。再2003年一封新發現的德布西信件裡，他回覆一位風琴家提問該如何演奏〈快樂島〉時寫道：

「這也有點像華鐸《發舟塞瑟島》中的情景，只是沒有畫作這麼憂鬱。」

華鐸的畫憂鬱？林木蓊鬱，雲朵連綿，貴族們身著華服，眾人唱著歌、跳著舞，在華鐸以柔和的輪廓和色調中，《發舟塞瑟島》這愛神維納斯誕生之境，顯得甜美、夢幻。若說憂鬱，恐怕指涉的不是那個當下，而是對快樂轉瞬即逝的擔憂吧？

但我總覺得德布西就算擔憂他和艾瑪的快樂也如畫一般只是恍惚一瞬，在音樂裡，快樂卻確鑿得彷彿世界只剩下這樣的情緒。樂曲由無端出現的震音展開，震音旋即轉換爲以每一拍第一音爲圓心，迅速繞行如漩渦的音型，而這漩渦進行便是全曲的隱喻。

在身處高速渦流之際，實際的向心力就這麼造就出想像的離心力；大幅度延伸上行的第二主題，將快樂擴張到最大的狀態，原先捲裹自己的，也將他人帶了進來。

醞釀　隨樹葉而來的鐘聲

Cloches à travers les feuilles

我家有一個小吧檯，我常常坐在這裡的高腳椅上寫作。頭上有盞鐘罩形吊燈，一側有藏身於櫃子裡的間接照明，我的背後是客廳以及面向中庭的窗子，天氣好時，陽光會從我背後蔓延到我的腳邊。

吧檯桌上有時放著兩三杯咖啡，有時是一瓶酒，酒旁還有許多資料和書籍堆疊，但吧檯幅圍甚小，除卻雙肘可盡情移動的空間，一下就放滿了。放滿了也好，我就再把喝完的酒杯收至廚房，把用畢的資料放回書架，像一切又重新開始了。

住進這間房子的時機是我剛從美國念書回臺，開始投入工作之際。沒有太好的能力，故簡單、俐落的兩房便成了當時未滿三十的我感到較爲理想的選擇。朋友參觀過後，總不免說：成家之後怎麼辦？有小孩之後怎麼辦？似乎有點小。但我總覺得這間房子在具體上而言是迷你的，它抽象的意義對我而言是巨大的。

當時請朋友C設計內裡，採北歐風，顏色以稿紙般的白爲主，但加入了大量楓香木，這種木頭充斥著細紋，當它被使用在房門或櫥櫃上，會隨著氣候變化，有些爲深淺色澤的變換。當時一心只關心工作的我，其實沒有對設計圖投入太多心思，只有在前述的基本要求中，很篤定地請他一定要造一個吧檯以滿足我的幻想。我幻想能在這個吧檯辦小型的potluck（後來的確有實踐），可以變成小辦公桌（從入住的第一天起就是了）。

最後我最常在這做的事，其實是寫作。當時設計師貼心地在這小小的房子裡設計出了大約六、七種燈光變化，我因此能依照心情隨意變換明暗，吧檯有時光亮如舞臺一景，有時黯淡如夜裡一臺停在路邊、開啟頂燈的房車內部，我便像行旅在不同的空間裡寫下這幾年的報導與散文。

這吧檯就像一條無邊的輸送帶，把屋外的許多訊息匯集過來，由我在此組裝，隨後又送往了不同的編輯檯。我不斷整理著我的吧檯，我的吧檯也醞釀了我的來日。

德布西在《映象第二集》中的〈隨樹葉而來的鐘聲〉裡，捕捉的就是這種間接的、經過層層轉遞的歷程。鐘聲如此洪亮廣闊，當它經過樹葉時，會被分割得細碎嗎？還是會如看不見的水流一般捲覆著葉片而去？在這首樂曲中，隨處都被標上了斷奏，雖然其上仍有圓滑線壓抑著跳動，但造就的聲響是鐘聲撲向了這些葉面，葉面再將之揮動至更遠的林間。鐘聲並不直接被聽見，而是如同光線照射入水中，在迥異的介質裡，分裂、綻開。

最美的一刻，莫過於從4/4拍，轉變爲12/8拍的瞬間，這律動的變化，無論是因爲風改變了，還是鐘聲穿越的樹林密集程度有所不同，鐘聲至此已然醞釀成了類似釋放的抽象意義。

鐘聲被樹葉轉化了，如同吧檯轉化了我。包括寫這本書。好像這本書早在製作吧檯的那一刻便開始醞釀著，只是沒想到會過了這麼久、需要經過這麼漫長的路途，才從這桌面，微微地、憋著氣橫渡一座湖泊似地悄悄現身。

生機　石南叢生的荒原 Bruyères

石南荒原作爲一種地貌並沒有字面上那樣荒涼，它常常由大片的低矮植物叢交織著淡紫色石南花綿延而成，它的「荒」只是因爲杳無人跡，事實上，它更可說蠢動著生機。

許多人感覺德布西在這首樂曲中，是在呼喚一久遠的年代——田園裡還迴盪著牧歌，人類還很稀少、簡單。我自己感覺雖然也是近乎無人的氛圍，但總在樂曲的多聲部織度中，聽見每一個聲部又有自己的行進，又彼此相關，而感覺帶著積極的「叢生」感就在這甚緩的速度裡不絕地流露出。特別是轉至降B大調後，高聲部與中聲部的回應，以及快速連音在不同音域的飄忽蹤影，都像是大地無盡的生息。

許多年前我在關山療養院裡，嗅聞到混雜著檜木與後院柚子樹的香氣時，也有這樣「叢生」的感受。

我是爲了一篇採訪而去，想問問療養院的修女們聆聽一場古典音樂講座後的感想。經療養院主任引薦，我見到了出席者之一饒培德修女。饒女士年紀很大，幾近九十，但談話起來並不會這麼覺得，可能是她頭上的方巾潔白到近乎反射著窗外的陽光，好像每一天都被她打理成嶄新的日子。

「那些音樂讓我想起了小時候。」這是饒培德修女告訴我的第一句話。她來自瑞士，父親是麵包師傅，母親是家庭主婦，父母讓她有飽足的生活，更讓她學習小提琴。她說她從小就很喜歡在別人面前演奏，好像透過音樂，她可以不用語言和別人對話，所以在音樂講座上，她很感動的是，沒有意料到竟然能讓她回憶起遠去的童年。

十八歲時，她想完全奉獻自己，因而加入了「聖十字架慈愛修女會」。修會的宗旨是「哪裡有需要，就往哪裡去」，於是，將近三十歲時，她跟隨著其他修女一同坐船來到臺灣東部，落腳關山。

民國五十年代，偌大的臺東只有臺東市設有醫院，修女們為改善此處匱乏的醫療環境，她們先在關山成立簡便醫療所，兩年後，著手整建正式院區，收容慢性病患，以及無依的老人。此外，饒女士從年輕到現在，還肩負院所所有修繕電線與木工之事宜，我驚訝地問她是怎麼學會的？饒女士笑著告訴我：「有需要就會了。」

饒女士說被照料的不只是病患，她們也被在地人照料著。當時她要常常開車往返關山和臺東以補充救護資源，但道路實在顛簸了，來回幾趟，輪胎便極容易受損故障。身形清瘦的她第一行動就是下車找扳手，自行換胎，「但是總會有好心的農夫或公車司機停下車過來幫忙。」

聊了一陣，我請饒女士爲我帶路參觀院所。我們先來到二樓的禮拜堂。禮拜堂三面有窗，採光良好，讀經時，有一整片樹林相伴。建築物後方，則有一個大廣場，廣場架有許多竹竿，竹竿上掛滿了院友、修女、志工們的衣物，它們一齊在風中飛揚、落下，擺動著一種屬於一家人的親密。而來到了頂樓，我看這露天平臺，推測應是供院友談天休憩之用，饒女士更告訴我，平時也有許多外來的社團、學校學生至此，舉辦音樂會或與院友聊天。

離開療養院前，我和饒修女合拍了張照片，我知道這不僅是爲自己收藏一段敬佩與感人，更是爲這從荒涼到綻放生機的地方留下持續更新的見證。

隨著報導刊登結束，修女們的故事也就悄然沒入我心裡，直到2017年年中，一則新聞讓我再度憶起了這些事。由於修女們年事已高，她們陸陸續續將返回瑞士或維也納安享晚年，其中一名葛玉霞修女在被大家慰留時，和大家說，她不想濫用健保，成爲臺灣的負擔，也不想成爲療養院的負擔，聖十字修女總會有設立一棟專門給年老修女安養老年的住所，她會回去那裡，並帶著所有人對她的感情。

什麼樣的感情呢？我以爲是〈石南〉一曲中，多聲部各自努力行進，卻又彼此拉拔的狀態。以致人口稀疏的小鎮能夠溫暖叢生、希望叢生。

擴張　雨中庭院 Jardins sous la pluie

〈雨中庭院〉一開始是一陣急雨，左手跳動的正拍和右手快速的十六分音符相合，與其說德布西寫雨落，其實更是寫雨落地後的時刻。那強而有力的點，像是從天上伸手下來撥動世界的手，要在葉面、屋角、街燈、石磚路上用力一劃，提琴撥弦般，彈奏這個世界。

德布西在曲中，採用了法國童謠〈寶寶，睡吧〉（Dodo, l'enfant do）和〈我們不再到樹林了〉（Nous n'irons plus au bois）。前者幻化爲不能成眠的風格，後者放慢爲失去躍動的抒情口吻，兩首歌都被雨水撲濺得失去了原始輪廓。

我以爲德布西寫出了一種雨的新意：雨不只是沖刷這個世界，雨是彈奏這個世界，以點狀的接觸，洗刷大地翻陳出新的一面。

在跨入2018年的那晚，我看著電視中的一〇一煙火，也好像看見了另一種點狀的擴張。

這一年的煙火與前些年不同。第一，整體的煙火數量減半了。第二，那減少的一半精彩，轉移到了掛滿一〇一外牆的LED燈網上，隨著燈網的色彩、景象不斷變換，它接續了當火焰沒入夜空後，消逝黯淡的尾端。第三，燈牆的畫面，大量運用了常民文化的符號，包括2017世大運運動員奔馳的剪影、臺灣舊房屋鑲嵌的窗花圖騰、福衛五號衛星等，煙火從主角被用來映襯了臺灣。

跨年過後幾天，讀到煙火演出影像總導演的訪談，導演提起她這幾年做的大型公共藝術作品都是希望能讓外國觀眾在觀看的當下，就對臺灣文化留下強烈印象，也讓國際看見臺灣獨特的文化風貌。最有趣的是，那該怎麼做呢？她說她喜歡混入人群裡，聽聽大家在聊什麼，然後試圖去推測當一個觀眾沒有辦法辨識某個文化符號時，他會採用什麼樣的閱聽角度理解。

想到那巨大的投影，其實是從人群中一雙推敲、疑惑的眼眸開始，不禁再次覺得藝術真是神奇。從一個小小的出發點，便能發展成一方時空，那像是阿基米德所言，用一個支點，就能變換你我立足的世界。

相映　阿那卡普里丘陵 Les collines d'Anacapri

阿那卡普里（Anacapri）位在義大利南方，我沒有去過，只能從網路上想像；想像行走在黃、白色樓房與藍綠色海洋交界的石磚路上，整個人都將與海風、樹群連接成一幅冉冉飄動的水彩畫。

迥異於巴黎城裡的曲折，阿那卡普里像開朗的女子，亮晃晃袒露心事，成了德布西的度假之境。

樂曲一開始似乎在捕捉丘陵小鎮幾座教堂迴響的鐘聲，接著近處的某樣事物像突然意識到時間而有了動作，但也可能是林中的果實受風隨機的吹落。接著進入「快速」（Vif）段落，左、右手先後演奏不同主題，但相互緊密應答，進入「流行歌」式的第二主題時，同樣由左手接續右手的方式鋪陳，音樂裡的活力即展現於此。

一個小鎮，如重唱多年的組合，每個角色都明白對方的心意。

我擔任特約撰稿的「樂賞」音樂基金會和池上其實也有這樣的關係。

「樂賞」成立於2004年，是基金會董事長游昭明先生聽見劉岠渭教授講座後，一次向美致敬的實踐。游董對劉老師講述音樂時的熱情與深刻深深振動，他希望這些內容一定要讓更多人聽見，同時要以影音技術完好保存，於是組織基金會全力投入執行。

基金會講座遍及學校、公司行號、特殊學校，甚至監獄。「我希望每個人一生都至少有聽過一次古典樂」這是游董在成立之初立下的心願。對於東部偏鄉教育，基金會更是懷抱強烈熱情。多年來，基金會與「行動音樂廳」

（由箱型車改裝而成的放映設備）主人蘇泰榮老師爲東部學童舉辦的音樂欣賞活動不下五百場。

2011年是一個轉捩點。在蘇老師引薦下，樂賞與池上許多喜愛藝文活動的鄉紳展開了對話。不久，基金會於伯朗大道旁租賃了兩塊田地，開始運作「稻子聽音樂」計畫；稻田四周架設了大提琴模型音響，每日早上三小時，下午三小時規律播放貝多芬、莫札特之作，樂聲逐日蔓延了農田，也蔓延了農人的日常。

剛開「樂賞」不免遭遇到許多人嗤之以「瘋子」形容，但經過一段時間，這些人發現「樂賞」純粹就是要分享音樂。甚至，農夫們的車上一一開始播放起貝多芬，〈快樂頌〉從此穿插在江蕙的歌曲間。

地方對基金會的理解爾後持續進展著；「稻子聽音樂」施行一年多後，

池上鄉公所與花東縱管處彼此協調，決意重新整修大坡池旁廢棄的遊客中心，並委請「樂賞」進駐支持軟體運作。講座、音樂會、電影分享會等活動陸續出現，音樂館的節目日漸密集，熱絡起小鎮的入夜時刻。

池上相知其實其來有自。原本是自給自足的農漁之鄉，九零年代因一批農夫赴日考察，一則學習有機農法，一則體會到日人相信有內涵的生活造就有品質的農產，隨後成功確立了池上米品牌，更培養出一群熱衷文化事務的在地居民。幾年前「臺灣好基金會」便選擇進駐池上孵育農村新貌、籌劃大型音樂節。

樂賞的轉變也不曾停歇，由於最初是帶著投注資源的心態而來，直到長期駐點，才發現池上讓自身學習到的反而更多。2017年起，音樂館邀請在地藝術家創作大型裝置藝術並開設展覽，持續發掘鄉內眾多生活得極具特色的居民們，邀請他們和大眾交流日常美學。

每季赴池上採訪時，我都喜歡花一些時間站在音樂館入口處，仔細閱讀張貼在牆上的節目表，看著表上一則則排列緊密的音樂、繪畫、攝影、身心成長等講座人，我彷彿能清楚看見音樂館與池上的步調一日比一日更加密合，像跳一支最需要默契的雙人舞，惺惺相惜地擺動著。

知心 向海頓致敬 Hommage à Joseph Haydn

海頓逝世一百周年時（1909），巴黎音樂圈做了一件「小」事。「國際音樂協會」巴黎分會邀請了六位法國當代作曲家，以海頓之名爲主題，寫作鋼琴短曲。受邀的音樂家包括維多（1844~1937）、丹第（1851~1931）、梅薩傑（1853~1929）、德布西（1862~1918）、杜卡斯（1865~1935）、阿恩（1874~1947）與拉威爾（1875~1937）。

他們先將海頓之名Haydn五字母對應到音符，得出Si-La-Re-Re-Sol五音，接著各自採用不同曲式完成作品。拉威爾和丹第寫作了小步舞曲；杜卡斯完成了三段體哀歌；維多完成了一首賦格曲；阿恩寫下了主題與變奏；德布西則以通篇式寫作（through-composed）致意。

或許是帶著競爭意圖，六首作品都深富巧思。拉威爾在小步舞曲中，寫下了具有古典風格、起落勻稱的樂句，樂風帶有早期〈悼念已逝公主的帕望舞曲〉之傷感。丹第的作品轉調得厲害，且將主題分割成許多小碎片散落在樂曲各段。杜卡斯以空蕩的音響，寫出宗教作品似的肅穆。維多則使用了賦格手法，形成六首中最繁複的聲響。韓恩則返古使用了十八世紀末之和聲語彙，變奏的方式也令人想起貝多芬。

德布西相較於另外五人，可說是改動這五音原始排列形狀最少者，使得通篇主題清晰，但隨著拍號與節奏不斷變動，每一次主題又聽來極爲不同。樂曲開始後，主題遲遲不出現，直到第八小節，才以長音緩緩浮升，隨後到了快速的三拍子段落（3/8拍），主題減值至原來的十六分之一，且來回跑動於低音至高音。

下一個段落，不同於最初的悠緩與剛結束的匆促，主題轉而以強悍、直接如原始舞蹈的風格展開。最末段主題比起始更加緩慢，但最後一刻竟以疾速瞬間飛馳而去，有趣的是，原本的五音主題，少了重複音Re，像肢體微弓，拔腿就跑的身影。

無可預料的結構、主題的鮮明變貌，以及不改五音原始排列，以致如千呼萬喚海頓之名的手法，我感覺德布西極力凸顯了海頓幽默的本質。

不知道如果德布西看見四十多年後，同鄉畫家勞爾．杜飛所繪的《向德布西致敬》時，有什麼感受？

勞爾．杜飛出生於1877年，年輕時在巴黎高等美術學校求學，畢業後創作風格深受馬蒂斯影響，畫作主要具有野獸派色彩豔麗、形體誇張之特色，隨後又從事木雕創作與設計紡織品圖樣。

在他七十五歲所繪《向德布西致敬》裡，德布西之名以碩大的標籤樣式，陳列於畫中的鋼琴譜架上，背景充滿著類似花卉的葉瓣，橘色與淺綠左右相對，中間爲過渡的黃。說實在的，這和我想像中的德布西可說大相逕庭，但看著看著，似乎能感覺到，畫家想突顯德布西對大自然的喜好，而用這些大幅度曲線線條與鮮豔色調，以模擬自然界眞實輪廓（大自然幾乎不見僵直的線條）與深淺不一的色彩排列。

宮布利希在《藝術的故事》中，寫到二十世紀期前半畢卡索等人的思考，推測道：「我們久已不再主張要按照事物出現在眼前的模樣來描繪它，那是幻惑如鬼火的東西，要追蹤也是徒勞；我們也不想把瞬間疾馳的空想印象固定到畫布上。讓我們追隨塞尙的畫風，盡可能穩定且耐久地將我們的話題塑造成圖畫。爲何不一致地接受這事實——我們的眞正目標乃在於構組某物，而非複製某物？」

這段敘述雖是對著立體派作品說的，但我以為杜飛去畫一幅關於德布西的畫，與德布西去寫一首關於海頓的樂曲採用的方法亦如宮布利希所言，是為構組某物，而非複製某物。

必然是如此的。複製讓我們越來越不理解眼前的一切，構組讓我們貼近對方的靈魂。

牽纏　第一號華麗曲 Arabesque No. 1

從美國念書回來後，老師問我要不要到她的創作坊上課？我有點訝異，因爲創作坊是作文教室，而我的主修是音樂，在教室上課合適嗎？老師只對我說，那是她覺得能影響孩子未來的課，且經典音樂如果可以成爲生活中的熟悉，孩子們也就遇見了一片能讓心思沉靜下來的風景。

於是，古典音樂結合寫作的課程就在秋天落下了第一份簡章。隨著第一份教案、第一批學生出現，至2017年累積了十多個學期，透過這堂課，我深刻體會到作爲一名孩童教師的價值，也從他們的學習回饋獲得了介紹音樂時所需要注意的細節。

創作坊的簡章也不僅僅是音樂作文課特別勾起觀者好奇，過往亦曾開設過繪本作文課、三國作文課，不同專業交會至此，融合出新鮮課程，不僅是孩子學習創作，老師們也在這個教室，創作出自己無可複製的人生。

老師自身的學習便是如此。臺大中文系畢業，初入文壇即獲得許多文學大獎肯定，接下來的專欄、書籍邀約更奠定她成爲九零年代最受矚目的新人。但站在即將遠航的港邊，她毅然放下一切，做出了改變一輩子的決定——專心從事兒童作文教學，她相信那是她能夠爲臺灣盡心最好的方式。

爲了尋找教室，從公館找到桃園，再從桃園找到中壢，最後在中壢火車站前的中山路找到了舊診所樓上的空間。這就是我小時候上課的地方。教室採用木造地板、和式桌椅，學生或坐或跪於各色坐墊，以最不受限的姿態沉浸於課堂。

久遠的教室留給我的印象仍然強烈，我一直記得全班在寫作時的那份靜謐，如夏日林泉般清涼，又或者是走入廁所前一大面老師寫下的毛筆字，以跳脫我當時所認識的任何碑帖之姿，呈現一句詩。我也對這個教室時時有許多在報章雜誌或廣播媒體上才能聽見的「大人物們」，比如孫越等人到此演講感到好奇。他們談生活、說小說，彷彿這些名人就在離我不遠處。

後來因爲音樂學習大幅占據了我的時間，作文課停了，升上國中音樂班後，也少有機會和老師聯絡。直到成年後某次經過中壢車站後站，赫然看見創作坊招牌，才知道教室已搬遷至此。隨後更聽說老師曾收起教室一切，遠赴臺東兒文所唸書。

2008年我欲飛往美國唸書前，決定到教室和久未見面的老師辭行。當時老師正準備上課，我們只能匆匆一談，我把還沒說的話寫在學生專用的小冊子上，我提到前幾日在圖書館看見她的書，想起了在創作坊的時光，我很感謝她與教室，讓我體會到心思自由想像時，全身會興奮到顫抖。

後來老師爲了一個正無法抉擇要念美術班還是音樂班的孩子，把我找回教室演講，要我和學弟妹們分享學習音樂的歷程，或是更確切地說，抉擇學習音樂時所遭遇的心理轉折。是因爲那場演講，我和創作坊重新聯繫了起來，且這個連結越來越緊密，直到我成了這裡的老師，甚至在此開設起音樂講座，接棒起二十多年前創作坊的模樣。

從牽連起各種專業，以務實與多情照料身邊之人，老師的努力將當代慣於各自埋首在虛擬世界的人們重新連結了起來，最後纏繞成一首不輟的歌曲。

我以爲德布西〈第一號華麗曲〉捕捉的即是這般如歌的不輟。左右手相接出的起伏線條，一次比一次更形擴大，來到第一主題時，右手旋律以細微波動的排列由上而下延伸，好比眞實生長的枝椏，枝上有葉，葉上有花，而其三連音節奏和左手的八分音符，又相互拉扯出聽覺的張力，使樂曲蔓延了大自然般的生命力。

〈華麗曲〉原文爲「阿拉貝斯克」（Arabesque），指的是伊斯蘭文化中，以簡單幾何圖案與線條細密排列出的圖騰，它模仿著植物生生不息的蔓長，阿拉伯人將之刻蝕於建物、編織於地毯，讓生活被這種無限的宇宙觀圍繞。

前些日子，老師請我從二手書平臺訂購《鏡頭中的詞境》，這是她人生中第一本書，書裡寫她以當時二十多歲的眼光回望中國古典詩詞的感受。

取得書時，外表的透明膠膜略有折損，但內部保持得極爲乾淨，書裡不只她的文字，還有攝影師和老師共同採集的臺灣風景，封面有一甕形框，框中爲湖水、竹林和一條小舟。古典的構圖，當代的解讀，一如〈華麗曲〉中高低旋律親密的聯繫。

老師收到《詞境》後，寫了一篇文章記述當時她和攝影師工作的情景，並發表於網誌，攝影大哥看見後，又以往事回覆感激。人情纏繞成一首歌，許多人可能都能夠做到，但能不輟，傳唱在不同人口中，才眞正稱得上是「華麗曲」。

流連　棕髮少女 La fille aux cheveux de lin

遇到Midori前，我都不知道我也是會追星的，只是是動作很慢，像〈棕髮少女〉那種情懷去追的。

〈棕髮少女〉以降Sol爲中心，旋律由此反覆翻折而成，中途屢屢遠去展開，卻又在句尾回頭，如回眸不捨，直到最後一句才眞正前行。

德布西更早以前也寫過棕髮少女。他以法國詩人里爾之詩集《蘇格蘭之歌》中的同名詩作寫下了一首給女高音的歌曲（這也題獻給他當時的情人、業餘女高音維涅爾夫人）。詩句描述少女在盛夏的陽光裡，望著遠方，讓想念與雲雀同行。歌曲的女聲從高音起始，如佇足於山丘，唯歌聲能飄送至愛人身邊，藉由一字多音的歌詞配置，呈現出激動呼喚。但同樣的主題在二十多年後寫成鋼琴曲，一切都變得極爲平靜，青春的呼喚不再，留下的是深情凝視。

這也是我喜歡Midori的方式。

第一次聽她的演出是在高中時。當天學校一下課，因擔心無法順利從桃園趕到新竹演藝廳，特地請我爸載我快車而去。

關於她的天才，很多報導都寫盡了，關於她的演奏，也有許多唱片可以領略。不過待到眞正置身於她所演奏的現場，才能體會樂評筆下的悸動。音樂會的第一聲來自理查·史特勞斯的小提琴奏鳴曲，數聲極強的和弦由鋼琴家麥可唐納敲響後，小提琴以平穩的樂句回應，雖然小提琴接續時是弱奏，但她綿密的音色與全心的投入，立刻就成了整個音樂廳裡的中心。她的個子極爲嬌小，但肢體晃動劇烈，她所演奏的琴聲如河水湯湯流往音樂廳四方，她的詮釋跌宕有致，令人只能屏息。

那晚之後，我便成了Midori的粉絲。她演繹出的細膩與宏偉，使當時還是高中生的我對音樂好像有了完全不同的領略，我以爲那是我第一次聽見世界第一流的演出，她所揭露的，並非僅是演奏家完整演繹樂曲的境界，而是演奏家與作曲家交鋒、言歡的境界。

由於她後來臺灣的機會少了，我接下來只能透過唱片與影音頻道關注她。她的唱片算多，但又不是眞的那麼多，那幾年只要她有出新的專輯，我便立刻購入。她與阿巴多和柏林愛樂錄製的孟德爾頌，有如最高貴的織錦般那樣華美，她的巴赫無伴奏，有熱情有架構。

早些年YOUTUBE影片還不夠多，能搜尋到關於Midori的只有她十八歲在卡內基音樂廳首演的錄影。那場錄影中，她幾乎沒什麼表情，但琴聲卻說得很多，有時呢喃細語，有時辯才無礙，少女用技藝讓每位參與者的夜晚變得不凡。

後來關於她的錄音、錄影越來越多，我於是不僅聽見了她的演奏，也聽見了她的訪談。她在影片中，以2008年聯合國和平組織大使的身份，分享過去籌劃的「Midori and Friends」計畫，是如何帶動了紐約郊區眾多學生們接觸精緻音樂的過程，或是她爲她所任教的南加大松頓音樂院錄製系所介紹影片時，說道「我把音樂視爲一種溝通的媒介，因爲音樂，我們得以交流。」

更後來我還有一些學長、同學成爲她的學生，關於她的故事彷佛也離我更切身。某位曾經受教於她的學長告訴我，Midori教學認眞是這樣的：因班機延誤而延遲課程，她會先把行李放在大學紛飛的門外，先進家門上課再說。她也會很有耐心地陪伴學生在課堂上完成她想要他們做到的程度，當然這一點，對許多學生而言，恐怕過於強迫，但Midori的目標就是要學生能夠學會並完成。

其實關注她的路上，我並非完全都信服她的演奏，像是幾段布拉姆斯的錄音，對我來說實在有些壓迫，又或者拉了千百次的孟德爾頌，總有不似像錄音那般完美的時刻，但我總會聽見琴聲裡那種不變的、最深切的熱情，一絲矯飾都沒有地貼合著聲音。

我的流連讓我看見了這位天才如何從少女變得成熟，同時也讓我看見自己的變動。我不知道什麼時刻，我會把目光轉移，但在轉移之前，我會像德布西注視棕髮少女那樣的目光看著她，在流動的光陰裡，把握不朽的瞬息。

依偎 敘事曲 Ballade

在音樂史上，提及敘事曲，無論如何都會先想到蕭邦吧，無論是初出波蘭，流動在維也納與巴黎間正待展露頭角，寫下激烈的第一號；還是與喬治·桑剛剛相戀不久，在馬略卡島上完成恬靜的第二號；又或是和喬治·桑定居於諾昂時，寫下更繾綣的第三與第四號，鋼琴語法上皆洋溢新聲。這些作品完成了蕭邦對自身才華的想像，也完成了後人對敘事曲樂類能抵達程度的想像。

相較之下，德布西的敘事曲反而顯得含蓄。也許是在1890年，這個他才剛起步沒多久的階段，樂句充滿了大量的重複，這和德布西後來的原則相悖——「旋律應該被延展、流動，而非重複」。主題的設計因此充滿親暱感，即使稍後樂句因緩降帶來流動，左手的起伏也趨近劇烈，卻始終沒有沖散那股濃郁的氛圍。

我想這首作品其實更近於「浪漫曲」，敘事未曾展開，只是親暱依偎，樂曲進行像將這濃縮的情緒沖泡開來。

想起一部紀錄片，關於瑞典導演伯格曼。

此片由伯格曼的情人，也是他電影裡最主要的女主角之一——莉芙·烏曼口述，追憶當年她與柏格曼的相處。他們因拍電影相識相戀，看似愛情、興趣皆無不合，但這段關係打從開始其實就不輕鬆。最初是因爲年紀差距（兩人相差二十歲），其後是因爲柏格曼強烈的控制欲望，讓莉芙再也沒有自己。他們兩人居住在瑞典的一個小島（法羅島），伯格曼不讓莉芙獨自出門，但在家又不常搭理她，他自己總是坐在房裡寫劇本，莉芙只能坐在窗前望向遠方。

莉芙最後當然還是逃離了這個小島，可惜她的心思並未離去。這段期間，她曾赴好萊塢發展，由於她是柏格曼電影中的女主角，到了美國可說受到極爲熱烈的歡迎，一連拍了許多片子。某一次，她受邀至百老匯演出，柏格曼知道後，竟然在首演時，特別買了機票從瑞典飛到紐約觀賞她的演出，節目一結束又立刻返家。莉芙講起這段往事，那雙在影片中許多時刻都佈滿著歲月風塵的眼瞳，此刻透亮得像是乾淨的湖面。

更多篇幅，莉芙的面容是平靜而憂鬱的，彷彿面對這段感情得持續壓抑著悲傷。直到最後一個鏡頭，莉芙走到了她與柏格曼共用的一扇門，這扇門背後是一張白淨的畫紙，畫紙上頭佈滿兩人隨手留下的一些簡單圖案：接連的圈圈、愛心，還有只有他們自己明瞭的數字。

莉芙說，這扇門剛好正對著窗，斜射進來的陽光照久了，就會把圖案的顏色給曬淡，鮮紅的愛心，最後會變成粉紅的淡影，這時，伯格曼就會在有空時，拿起筆，重新把這些圖案描繪一次。一次一次，筆尖與圖案相依，反覆繪出過往的樣子。

2007年伯格曼過世後，這些圖自然也就無人再重新上色，當紀錄片拍攝至此，牆上的畫已淡如膚色，莉芙在鏡頭前撫摸著那些圖，像在撫摸著伯格曼。沒有說話。唯一能多說一點的，只剩下窗外那再度投射進來的光。

無常　霧 Brouillards

「我喜歡他畫的人物，好像都要消失在背景中了……環境要比人強大，感覺人是這樣無常（transitory）。」《愛在黎明破曉時》中的女主角席琳這麼描述了秀拉的畫。

我一直覺得秀拉的畫像極編織，是一針一線般的筆畫完成的作品，其筆下的點雖輕盈，工卻繁瑣甚至繁重。但席琳的說法，特寫了這些點的意義；組成事物的元素是那樣微小，微小到隨時都可能會消散。

好像人在世界上，隨便一陣風、一段談話、一次與人的相遇，其實就把我們的命運導向了與原來不同的路程；儘管終點可能是一樣的，但路程卻隨時遭受影響。無常，是因爲感受到了生活際遇是那樣柔軟，看似能夠掌控，其實都是順著外在曲流，席琳口中的秀拉，就是把自我受到外在擺弄的瞬息表現了出來。

我更早還在德布西第二冊前奏曲第一首〈霧〉中體會到「無常」如何成爲一種藝術表現。作曲家使用了「複調」（polytonal）手法，不是多聲部，而是同時並置了不同的調性，比如起始採用C大調和降C大調，讓兩種迴異的系統同時發聲，於是左手的旋律輪廓，不斷受到右手的快速連音塗暈，聲響每每正要浮現便又趨於模糊，到了高音與中音輪流出現的長音主題時，每一個音更是在複調背景中快速地陷溺消失。

這恐怕就是她和男主角相遇的感受吧。她和傑西原本在旅途中各有不同目的，卻在火車上因對方手上拿著的書而開始交談，接著他們決定一起在維也納下車，體驗這座兩人皆陌生的城市。他們一面輪流向對方提問，透過回答揭露自己，一面一起投入古城，感受所有未知來臨；他們在廣場的咖啡座上接受吉普賽女子占卜，向頹坐在河邊即興寫詩的男子委託了幾個字，他們也跟隨在轉角徹夜不停的舞者們開懷大笑。

無常，讓他們在日出前，擁有美麗的時刻，也讓他們在日出後，不知應該如何放手。

戲裡的結局是，他們相約半年後要重回此城相聚，但誰確定對方會赴約呢？導演理查．林尼特也不知道吧？相隔九年後他拍了《愛在日落巴黎時》，再相隔九年拍了《愛在午夜希臘時》，儘管相隔的年份看起來極有規劃，裡面的演員一樣是茱莉蝶兒與伊森霍克，但九年裡，劇本與演員的變化也是難以預料的，能夠拍攝實在是剛好而已。

所以席琳喜歡吉普賽女郎所說的。當吉普賽女子走近兩人時，她不顧人客婉拒，執意占卜並說道：「妳正在旅行，妳是個探索者。」停頓又道：「記得，你們都是宇宙爆炸後的星塵。」傑西在女郎遠去後嗤之以鼻地回應說：「她可說得太好聽了，就是說些讓聽的人開心的事。」席琳卻說很像啊，笑了笑不置可否，拉起傑西繼續走入那些曲徑巷弄。而傑西被拉著，沒有抗拒，是的，把命運交給喜歡的人就對了。

記憶變形　關於〈我們不再到樹林了〉的幾個面向

Quelques aspects de "Nous n'irons plus au bois"

過往的記憶，隨時間流逝緩緩變形，是我在〈關於《我們不再到樹林了》的幾個面向〉聽見的狀態。〈我們不再到樹林了〉是首法國童謠，德布西不只使用到這首樂曲中，在〈雨中庭院〉也有其蹤影。

曲調活潑如孩童跑跳，但這旋律每次出現都有所變換，有時轉調，有時增加音符實值，又或是時而出現在高音音域模擬童聲演唱，時而沒入低音域沉吟，像久遠的故事。

德布西在寫作的時候，或許只是像操作實驗般，練習如何變化一個單純曲調，但做這件事時，確實是重新捏塑了屬於舊日的記憶，無論是他自己的童年或是普遍法國兒童的童年，而這種重塑，似乎也是成長必經的歷程。

聽著聽著，想起許多當兵事。

許多人都說男生聚在一起，忍不住就會聊起當兵事，我想這是無可避免的，因爲那恐怕是年少時，每次回頭審視都會重新估量其意義的日子，因爲在經歷當下，困惑與憤怒往往會壓倒性地戰勝其他情緒。

像是撿石頭。我曾接到撿石頭公差，要把整座花園的石頭撿完。爲什麼要撿完呢？泥土地裡的碎石不是讓土壤更扎實嗎？當時我覺得這就是在揮霍時間，甚至我很害怕，它萬一是整個軍旅生涯的象徵，未來該如何面對？

那天我們所有人肯定沒把石頭撿完，但公差也就按時結束。也許這本來就是沒有目標的活動，只是讓剛下部隊的菜鳥們熟悉彼此，或是熟悉被限制在團體運作中的感受。「人生中不能所有事都有目的性的。」我忘了是誰曾經對我這麼說過，希望我旅行時就是眞的休息，而毋再想著能夠如何把旅程寫下。

當然其中還是有很多實用的學習。比如燙衣服。由於身在禮兵單位，我們對服儀的要求和演奏好樂器是一樣的，因此從下部隊的第一天起，首要學習的就是燙衣。

剛開始拿起的熨斗，不僅要面對熾熱的溫度、不熟悉的操作，還有學長的斥責。而且這些使用已久的機器，常常漏水或是溫度不夠，加上制服在前人熨燙中，早已留下多條參差的雜線，因此一個新手要把衣服燙得平整、線條立體，絕對都要花上超過半小時。不過，隨著壓力、叫囂與檢查，菜鳥們的制服很快便一一挺立了起來。

退伍後，因爲已然熟悉熨燙，上臺的襯衫從以往由母親打理全數轉接到我的手中。此後，燙衣服再也不是爲了別人，而是爲了自己，當我把這些皺摺處理好時，也是在整理著登臺的心情。

可惜表演工作雖一直持續，但燙衣習慣卻日漸怠惰，不知不覺又悄悄重回母親之手。除非她不在臺灣，我才會再接起熨斗，架起燙衣板熨燙襯衫，此時，燙衣已成爲對往日的緬懷。看見按下噴水鍵後，噴濺起的水花，在熨斗移行時升起嘩嘩白煙，好像那些年的喧囂，又冒了出來，而燙平的不再只是衣物，還有過往的種種埋怨與表演一路的起伏。

變調　英雄搖籃曲 Berceuse héroïque

1914年，德軍無預警侵犯了中立國比利時，引起全歐譁然，整體情勢已然動盪失控，第一次世界大戰也從地方性危機，擴大爲全球性危機。英國小說家肯因（Hall Caine）爲向比利時人民表達普世對這次侵略的憤慨與同情，他邀集作家、藝術家、作曲家，乃至政治家、宗家領袖等發表文章與作品，編纂成《亞伯特國王書》，鼓舞衆人。

身在邀集名單中的德布西，寫下了〈英雄搖籃曲〉，表達其「向這麼多遭受苦難的人們致意」。樂曲中持續的四分音符低音，如亡者步履，一逕邁步至另一世界，但右手擔綱的旋律，上下梭巡又偶爾重複，如無法看清方向的迷途者，不斷伸手摸索著前方。中段轉爲C大調之處，音響突然清澈，響起的是比利時國歌主題，這段音樂使用了附點節奏，留存著些許抖擻，在此處聽來，如在遠方的榮光，不知是否還能回來。樂曲後段又回歸迷失般的主題，維持著如此情狀，整批隊伍最後盡皆消失在轟鳴的砲聲裡。

英雄本該堅定，一旦走上尋找不到方向的路，便特別令人感傷。

外公是家裡的英雄，不是他身體特別強壯，而是他有一雙發明家的手。平時工作，他擔任飛航軍伍中的士官長，檢查機械、修繕儀器，都是他的日常；回到家，生活裡的各式器具，簡單如杯、盒，困難如烤肉架、蒸籠、櫥櫃也都都是外公自行自製而來。在物資仍然相當匱乏的六、七零年代，外公爲一家人打造出並不簡陋的家。

我記得他也爲我做了一個不鏽鋼墊板。國小時，學生被規定只能使用鉛筆書寫，墊板成爲維持一本作業簿美觀與否的關鍵，它讓筆觸不致陷入紙張，始得筆畫能保持順暢與俐落，同時也避免字跡相互疊印。而不鏽鋼墊板不僅較之塑膠款式耐用許多，它也讓我在施力時有強韌的反作用力，讓我在寫字時，保持警醒。

外公的種種嘗試，可能最後不只是經濟考量吧，那其中對周遭的體察與體貼，也成了他寡言外表下，最喧囂的表達。

後來他年事漸高，身體開始縮駝，行動不便讓他無法勞作，他與自製的聯繫也日益稀薄。

我就讀大學時，外公已經是只能由看護照料著行動與進食的老人。從最初尚能撐著拐杖勉強行走，到頽坐輪椅由他人操控，外公的手最後只能搭在雙腿上，等待他人攙扶。我那時看見他手上有著大塊的黑斑與扭曲的手指，手指相疊在一起，看得我總忍不住覺得疼痛，過去所有的俐落與巧勁好像全數被捆綁了起來，過往的日常皆已走調。

每當他以指頭尖端輕微回應兒孫的叫喚，我想他不僅在辨識著此時此地，也在尋找一點原本的自己。可惜死亡不夠仁慈，迷途之際，也要將外公身上最後一點英雄般的破碎身影，全數剝奪了去。

深刻　塔 Pagodes

很喜歡德布西聽見甘美朗後的感想：「他們的音樂具有海洋無休無止的節奏、有樹葉中的風，和數以千計細碎的微小噪音，他們是透過非常仔細的聆聽來製造出這些音樂，而非令人困惑的論述。」

德布西所熟悉的西方傳統或許沒有他所謂的那麼困惑，畢竟那是他當時極度渴望脫離時才這麼說的，但甘美朗真的就像自然界那些聽來重複，卻其實從不曾完全重複的風聲、雨聲、樹葉聲。那些聲音緩緩相疊，密合成一種抽象的、藏有宇宙運作機制的聲響。

這種沒有前進，也不會後退的聲音表現，遠遠不同於西方的和聲「進行」。恐怕德布西當時不只是感受到了音樂的震撼，更是這種凝滯的氛圍，使他置身在巴黎第四度舉辦世界博覽會，全城洋溢著對巴黎鐵塔落成之興奮、對新事物之嚮往的大環境中，讓他彷彿抽離了喧鬧。

〈塔〉大概是他將甘美朗特色使用得最澈底的一首作品。音樂主要由四度、五度音程排列組合（這也是甘美朗音樂的元素），主旋律更迭於不同音域，將塔樓層層架構的形象清楚描繪出，但真正讓樂曲接近東方情調的，其實是那些反覆的短小節奏、持續不斷的震音，它們如薰香緩緩擴散著，模糊了時間的蹤影。是這般洋溢隨機的發展，迷惑了德布西吧？

隨機發展的還可以是一座橋。一座離我們不遠的橋。

宜蘭市區與其外郊區相連的慶和橋，過往因爲僅有兩線道，人車相爭不斷，一直相當危險。2014年，宜蘭縣府於委託在地的建築師事務所「田中央」規劃，思考如何改善這座橋的體質。

田中央最後設計出的是一種緊貼在原始橋墩旁的附掛橋形式，附掛橋以鋼絲搭建，質感輕盈，橋面用實心的木板與格狀的鋁板拼貼而成，行走其上會發現，團隊特別在行經河上時，使用了較多的格狀板，因此微微低頭看去，便能感受到與水的親近。而爲了讓鋼絲能看起來更柔和，他們讓植物攀爬其上，爲多年後整座橋的綠意蓬勃作準備。

橋上有幾處突出的平臺，一則供行人在此停下腳步，觀看宜蘭河流過市區的姿態，一則爲設置幾張木桌椅和健身器材，供學生與上班族下課下班途經此處能休憩、運動。我便曾看過青少年帶著耳機與三兩本書，面對著河流閱讀，也曾與許多慢跑、健走的夫婦擦身。

我喜歡這座橋不只有從「這」到「那」的意義，橋上的一切景象，都有它的意義；無人知道最後這座橋會如何被花草枝葉擁抱，也無人知曉有多少人會因爲它，而有了不同的行程與心情，但無論如何，這橋就在層層疊疊的故事中，完成了它自己的深刻，而這也是〈塔〉中，那種消融了目的，靜候而來的深刻。

希望　熊熊炭火照亮的黃昏
Les soirs illuminés par l'ardeur du charbon

自1914年一戰爆發以來，法國東北方的重工業區即受德軍占領，鋼、生鐵、煤礦生產皆爲外國把持，國內經濟發展備受影響，其中，煤礦短缺直接影響了法國人民，一年的冬天比一年更加冷冽。1917年二月到五月，德布西便寫了四封信給煤炭商人東康（Tronquin）表達家中的煤炭需求，在沒有實際金錢能力支付下，他告訴東康，他將創作一首樂曲作爲添購費用。

不僅是外在條件拮据，此時德布西的身體也一如這個城市，虛弱衰頽，前途未卜。他在大戰前即已被診斷出罹患直腸癌，1915年接受治療後，雖逐步康復，但身體狀況仍極不理想。他每日早上著衣時，自述「就像赫克利斯（Hercules）從事著勞役」一般，他在此時的書信中，頻頻向收信者如杜卡斯（P. Dukas）、佛瑞、杜宏，陳述自己快無法承受這天候的寒冷。

不過雖然是快無法承受寒冷，德布西寫給東康的樂曲卻特別暖和。他以詩人波特萊爾〈陽臺〉一詩中的「熊熊碳火照亮黃昏」爲題，完成了一首二十三個小節的短曲。事實上，德布西在二十多歲時，便曾以〈陽臺〉爲素材，寫下一首同名藝術歌曲（收錄在《波特萊爾的五首歌曲》中），爲摹寫詩中描述在充滿著如玫瑰色香霧迷濛的愛的陽臺前，戀人身軀與氣息溫暖了逐漸暗去的天色，一如熊熊炭火照亮黃昏，樂曲以毫不節制的（儼然華格納風格的）半音和聲進行鋪陳，營造出最幽微、最濃烈的心理變化。鋼琴版短曲和年少的〈陽臺〉迥異，德布西並不強調愛意，而是特寫了爐火的升起與沉落。樂曲由兩道如淡煙的旋律開始，中段火勢漸旺，淡煙遂成一片冉冉搖動的火光，最末，節奏變得短促，但速度仍保持徐緩，彷彿煤炭灰燼落下既輕又柔。整體而言，這首樂曲的溫暖來得很慢，但卻擴散得很遠、很廣。

這首作品因是私人之物，並未出版也無特別保存，直到2001年才被發現。以往讀德布西自罹癌到大戰期間的紀錄，多半會看見他如何以拮据氣力，完成眾多懷抱愛國意識的作品，比如其六首奏鳴曲計畫（雖然最後僅完成三首，但全數樂譜封面都特別印上「法蘭西作曲家」字樣）或合唱曲《法國頌：牛群穿過荒蕪的田野》等，其中心意，累積著對國家前途的信心。然而，在知道這首曲子後，我似乎看見了更完整的德布西：一個脆弱的身影，面對著希望升起與沉落。事實上，此曲寫完後沒有相隔太久，德布西便因病離開了人世，結束他五十六歲的人生。

真實生活的希望，原本就是時隱時現的吧，不可能全無，也不可能全有。動畫《謝謝你，在世界的角落找到我》，也將這樣的真實呈現了出來。

女主角玲出生於廣島，從小最大的興趣就是畫畫，她爲妹妹畫故事，爲同學完成作業。十八歲時受一位完全不認識的男同學提親，而嫁入了離家相隔一座海灣的吳市。她生性迷糊，第一天拜訪夫家便忘了對方姓氏，寫信回家也記不住寄件地址，但她總是努力爲周遭付出。

一開始的新婚生活簡單平凡，偶爾受到小姑督促，加緊學會了女紅、燒飯等工作。但二戰戰火越來越逼近，她和先生一家所要面對的外在狀況就越來越艱難，首先要面對的便是食之大事。爲因應戰時條件，她學會調配水和米特別的比例，完成每一粒米都吸飽了水，加總在一起看來會很有飽足感的「楠公飯」，又學會料理魚干等各色小菜，作爲簡陋便當中最精美的裝飾。

戰爭接下來帶來的大規模毀滅，衝擊了整個城市，也衝擊了她們一家。玲在一次帶著小姪女上街探望外公途中，因地雷碎片爆發，小姪女亡故，玲自己也失去了右手。此後，她只能以嘴代掌從事家務，還好，她的左手仍能畫畫；她繼續持筆捕捉生活細節，讓自己重新振作，儘管線條已無法如往昔洗鍊，但新生活也就在歪斜的筆畫中重新構築。

日本最後在原子彈重擊下，正式投降。玲第一時間完全無法接受，她感覺每個人之所以能夠忍耐，就是因爲相信國家會堅守他們的榮譽，但大勢所趨，每個人只不過是風中的一片葉子，飄起又落下。

戰後家人們拿出預先藏好，本來要作爲「最後一餐」的白米，又卸下將爲遮掩光源而包裹電燈的布，有人吃著許久沒嚼過的扎實白米，邊開玩笑說道：未來沒有炸彈，就沒有從河中炸出來的魚了呢！

這故事很感傷嗎？我感覺不盡然。溫暖與傷感匯流入心，無論希望升起還是落下，我們可能無法感謝命運的全部，但還能感謝這個世界上的誰，找到了自己。

人文隨筆 010

點描德布西

作　　者　吳毓庭
發 行 人　楊榮川
總 經 理　楊士清
主　　編　李貴年
責任編輯　何富珊

出　　版　五南圖書出版股份有限公司
地　　址　106台北市和平東路二段339號4F
電　　話　（02）2705-5066
傳　　真　（02）2706-6100
劃撥帳號　01068953
戶　　名　五南圖書出版股份有限公司
網　　址　http://www.wunan.com.tw/
電子郵件　wunan@wunan.com.tw
法律顧問　林勝安律師事務所 林勝安律師
出版日期　2018年10月初版一刷
定　　價　新台幣220元

國家圖書館出版品預行編目資料

點描德布西 / 吳毓庭作. --初版.--臺北市:

五南, 2018.10

面; 公分. -- (人文隨筆 ; 10)

ISBN 978-957-11-9826-2 (平裝)

855　　107011900